韓国文学のオクリモノ

ギリシャ語の時間

ハン・ガン

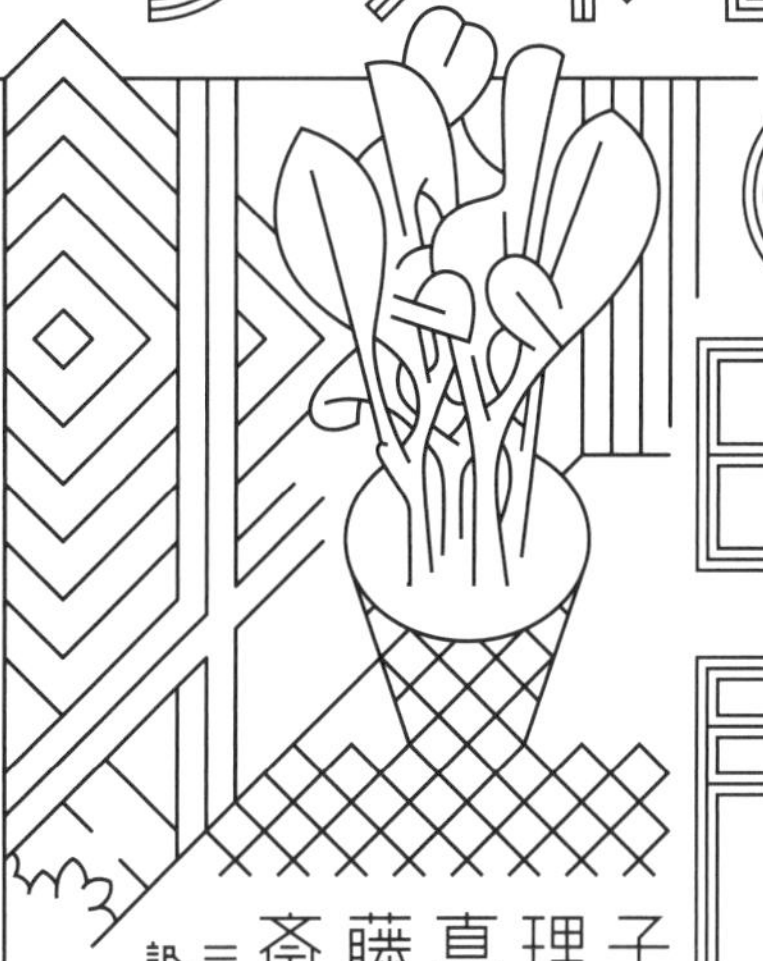

訳＝斎藤真理子

晶文社

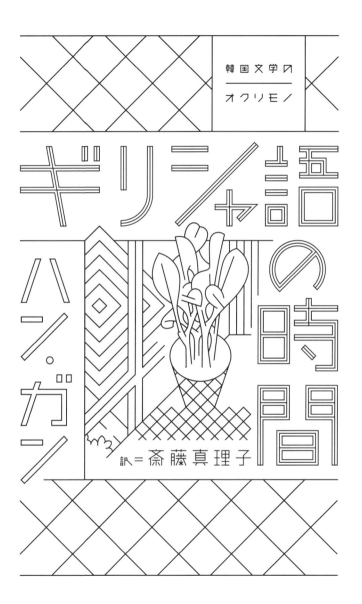

The Korean edition is published originally in Korea
by Munhakdongne Publishing Corp.
This Japanese edition is published by arrangement with the author through
KL Management in association with K-Book Shinkokai.

This book is published under the support of
Literature Translation Institute of Korea (LTI Korea).

装丁　寄藤文平＋鈴木千佳子

目次

1

我々の間に剣があったね――自分の墓にはそう書いてくれとボルヘスは遺言した。秘書を務めていた日系アルゼンチン人の、若く美しいマリア・コダマに。彼女は八十六歳のボルヘスと結婚し、最後の二か月を共に暮らした。彼が少年時代を送り、ついにはそこに埋葬されることを願った都市ジュネーヴで、その臨終を看取った。

ある研究者は自著に、この短い墓碑銘を「青光りする象徴」と書いた。これこそボルヘスの文学に入っていくための意味深長な鍵であると――既存の文学的リアリティと、ボルヘスにとっての書くという営為の間に置かれた、鋭く青光りする刃《やいば》のようなものだと。そう信じたこの研究者とは違い、僕はこれをささやくような、私的な告白と受けとめていた。

その一文は、古代北欧叙事詩の引用である。一人の男と一人の女が一つのベッドで迎えた最初で最後の晩、夜が明けるまで二人の間には抜き身の剣が置かれていたというものだ。鋭く青光りする刃。それこそ、晩年に視力を失ったボルヘスと世界との間に長々と横たわっていた、失明というものだっただろう。

スイスを旅したとき、僕はジュネーヴには回らなかった。彼の墓所をあえてじかに見たくなかったのだ。その代わり、彼が見たら無限の恍惚を味わっただろうと思われる聖ガレン修道院の図書館に立ち寄り（千年も続いている図書館の床を保護するために、見学者が重ねばきすることになっていたウールのスリッパのざらざらした感触を思い出す）、ルツェルンの船着き場で船に乗り、氷に覆われたアルプス峡谷の間を暮れ方まで巡った。

行く先々で写真を撮ることはしなかった。風景はただ僕の瞳の中だけに記録された。もとよりカメラに収めることのできない音、匂い、感触は、耳と鼻と顔と手に一つひとつ刻みつけた。まだ世界と僕の間に剣はなかったから、そのときはそれで充分だった。

2 沈黙

女は両手を胸の前で合わせている。額をしかめ、黒板を見上げている。

さあ、読んでみて下さい。

レンズの厚い銀縁めがねをかけた男が、微笑を浮かべて言う。

女は唇を動かす。舌先で下唇を濡らす。胸の前で重ねた手が静かに、小刻みに震える。女は唇を開け、また閉じる。息を止め、また深く吸い込む。辛抱強く待ちますよというように、男が黒板の方へ一歩近寄って、言う。

読んでみて。

女のまぶたが震える。昆虫が激しく羽根をこすり合わせるように。女は気持ちを集中させて目を閉じ、また開ける。目を開けた瞬間、自分が別の場所に移動していることを願っているように。

白いチョークのあとがたくさんついた指で、男はめがねをかけ直す。

　さあ、言ってみて下さい。


　女は首まで覆う黒いセーターと黒いパンツを身につけている。椅子にかけてあるジャケットも黒、大きな黒い布のバッグに入れたマフラーも黒い毛糸で編んだものだ。葬式帰りの人のような服装をしているうえに肌は荒れ、やつれた顔は縦に引き伸ばした泥人形のようで、やせ細っている。

　若くもないし、特に美しくもない女だ。賢そうな目元をしているが、まぶたがしきりに痙攣するのでそれに気づくことは難しい。まるで世の中から黒い服の中へ避難してきたというように肩と背中を丸め、爪は短かすぎるほど切りつめてある。左の手首には髪をまとめるダークパープルのベルベットのシュシュをはめているが、女が身につけているものの中ではそれが唯一、色のあるものだ。


　皆さん、一緒に読んでみましょう。

　男はもう女の答えを待っていられなかった。彼女と同じ列に並んでいる幼げな印象の大学生、柱の後ろに半分体を隠した中年男性、窓ぎわの席で背中を丸めている大柄な青年に向かって平等に視線を投げかけた。

エモス、ヘーメテロス——私の、私たちの。

三人の受講生が低い声で恥ずかしそうに、続けて読む。

ソス、ヒューメテロス——あなたの、あなたたちの。

教壇に立った男は三十代の半ばか後半と見える。やや小柄で、まぶたと人中の線がくっきりしている。自制のきいた淡い微笑が口元に漂っている。濃い栗色のコーデュロイのジャケットの肘には明るい茶色の革が当ててある。短めの袖から手首が見えている。彼の左の目元から唇の端まで、白っぽい細い傷跡が曲線を描いて残っているのを女は黙って見上げる。最初の時間にそれを見たとき、涙が流れた跡を示す古地図のようだと思ったのだった。

薄い緑色を入れた厚いレンズの後ろで、男の目が女のキュッと結んだ口を凝視している。彼の口元から微笑が消える。彼は固い表情で向き直る。短いギリシャ語の文章をすばやく黒板に書く。アクセントを書き入れる前にチョークが真っ二つに折れて、落ちる。

＊

去年の晩春、女は彼と同じように、チョークの粉まみれの手で黒板を指さしながら立っていた。学生たちがざわめきはじめたのは、女がついに次の言葉を口にすることができないまま一分あまりが過ぎたときだった。彼女は目を見開いたまま、学生でも天井でも窓の外でもなく、正面の虚空を見ていた。

大丈夫ですか、先生？

いちばん前に座っていた、くせ毛で目元の愛らしい女子学生が聞いた。女は笑ってみせようとしたが、しばらくまぶたが痙攣しただけだった。震える唇を固く結んだまま、舌よりも、のどよりもさらに深いところで彼女はつぶやいた。

「あれ」が来たの。

四十人あまりの学生たちは互いに目を見合わせた。なに？　どうしたの？　というささやきが机から机へと伝わっていった。唯一彼女にできたのは、落ち着いてそこから歩いて出ていくことだけだった。最善を尽くして、彼女はそのようにした。彼女が廊下に出た瞬間、ひそひそ声だったささやきは突然スピーカーの音量を上げたように騒然となり、コンクリートの廊下に響く彼女の靴音を飲み込んでいった。

女は大学を卒業してから六年あまり、出版社と編集プロダクションで働き、その仕事をやめたあと七年近く、首都圏の二つの大学と芸術高校で文学を教えた。まじめな作風の詩集を三冊、

三、四年おきに出し、隔週で出ている書評紙に何年にもわたってコラムを寄稿してきた。最近は、まだ誌名が決まっていない文学雑誌の創刊メンバーとなり、毎週水曜日の午後、企画会議に参加していた。

「あれ」がまた来たので、彼女はこうした仕事のすべてを中断した。

「あれ」には、原因もなければ前兆もなかった。

もとより彼女は半年前に母を亡くし、数年前には離婚し、三度の訴訟のすえに八歳の息子の養育権を失い、その子が元夫の家に引き取られてから五か月が経っていた。子どもを渡したあとに発症した不眠症のため、週に一度彼女が受診していた白髪混じりのセラピストは、こんなに明らかな原因を彼女がなぜ認めないのか納得できなかった。

違います。

彼女はテーブルの上の白紙に書いた。

そんなに簡単なことではありません。

それが最後のカウンセリングになった。筆談による心理治療は時間がかかりすぎ、誤解が生じることも多かった。言葉の問題を扱う他のセラピストを紹介してあげようという提案を、彼女は丁重に断った。何よりも彼女には、高額な治療費の負担に耐えうる経済力がもうなかった。

女は幼いころから賢かったという。彼女の母親は抗がん治療を受けていた最後の一年間、暇さえあれば娘にそのことを思い出させた。それこそが死ぬ前に確実にやりとげるべき仕事だというように。

*

言葉に関するかぎり、それは事実だったかもしれない。彼女は三歳のとき、自分一人でハングル文字を身につけた。ハングルが母音と子音の組み合わせで成り立っていることはまったく知らないままに、すべての文字を一個ずつ単独で覚えてしまったのだ。学校に上がっていた兄が担任の先生の真似をしてハングルの構造を説明してくれたのは、彼女が四歳になってからのことである。聞いただけでは漠然としていたが、その早春の午後の間ずっと、彼女は母音と子音について考えることをやめられず、庭にちょこんと座り込んでいた。そして、「나《ナ》」（私）と発音するときのn音と、「니《ニ》」（あんた）と発音するときのn音には微妙な違いがあることを発見し、続けて「사《サ》」と「시《シ》」のs音も違う音だと気づいた。組み合わせうるすべての二重母音を頭の中で作ってみて、「ㅣ（イ）」から「ㅡ（ウ）」の順に結合した二重母音だけは韓国語に存在せず、したがってそれを書き表す方法もないことを悟った。

その、ごく小さな発見の数々が彼女にどんなに新鮮な興奮と衝撃を与えたことか。二十年以上経って、最初の強烈な記憶は何だったかというセラピストの質問で彼女が思い出したのが、あの庭に降り注いでいた陽射しだった。陽を受けてぬくもった背中と首すじ。棒で地面を引っかいて書いた文字たち。文字たちの中でようやく結びついていた音韻の、驚くべき約束。

その後小学校に通うようになってから彼女は、日記帳の後ろのページに単語を書きつけはじめた。目的もなければ脈絡もなく、ただ印象深く感じた単語を書きとめたのだが、中でも彼女がいちばん好きなのは숲《スプ》（森）という言葉だった。昔の塔のような形をした、造形的な文字である。いちばん下の「ㅍ」が塔の土台、「ㅜ」が塔、「ㅅ」が塔の尖端。ㅅ—ㅜ—ㅍと発音するときは、まず唇がすぼみ、次に風がゆっくりと、用心深く漏れてくるような気がして、彼女はその感じが好きだった。そして最後に、閉じられる唇。沈黙によって完成する言葉だ。音も意味も形も静かなその単語に惹かれて彼女は書いた。숲、숲と。

だが、「ほんとうに賢かった」という母の記憶とは異なり、中学を卒業するまで彼女は誰の目にもとまらない子だった。何の面倒も起こさなかったが、成績が特に秀でていたわけでもなかった。友だちが何人かいるにはいたが、放課後も一緒に遊ぶことはなかった。顔を洗うとき以外は鏡の前に立つこともないぼんやりした女子学生であり、恋愛への漠然としたあこがれすら、ほとんど持っていなかった。授業が終われば学校の近くの区立図書館に行き、受験勉強をするでもなく本を読み、本を借りてきてはふとんの中でうつ伏せになって読み、そのまま眠った。彼女の生活が激烈に二分されていることを知っているのは彼女自身だけだった。日記帳の後ろに書きとめた単語たちは自らうごめきだし、見たこともないような文章となった。ときに言葉は彼女の眠りを鋭く串刺しにして闖入し、彼女は驚いて一晩に何度も目を覚ました。神経が危険なほど鋭敏になって睡眠を妨げ、説明できない苦痛がたびたび、灼けた鉄のようにみぞおちを押さえつけた。

いちばん辛いのは、自分の口から出た言葉の一つひとつが鳥肌が立つほどはっきり聞こえることだった。どんなありきたりな文章も、その完全さと不完全さ、真実と嘘、美しさと醜さを氷のように冷ややかにくっきりとあばきたてる。彼女は自分の舌と手から吐き出される、白い蜘蛛の糸のような文章を恥じた。嘔吐したかった。悲鳴を上げたかった。

ついに「あれ」がやってきたのは、彼女が十六歳になったばかりの冬だった。言語はあたかも数千本もの針を組み合わせて織り上げた服、または鎧のようであり、彼女をその中に閉じ込めてちくちくと刺し続けていた。それが突然、消えた。彼女は両の耳ではっきりと言語を聞いたが、厚い、稠密《ちゅうみつ》な空気の層のような沈黙が蝸牛管《かぎゅうかん》と脳の間のどこかをふさいでいた。音を出すために舌や唇を使っていた記憶も、鉛筆を手でしっかり握っていた記憶も、耳が詰まったようなその沈黙に覆われて、すでに触れることができないものになっていた。彼女はもはや言語で考えることをしなかった。言語なしで動き、言語なしで理解した。言葉を覚える前、いや、生命を授かる前のような、ややもやした綿のような時間の流れを吸い込んだ沈黙が、内からも外からも彼女の体につかみかかった。

驚いた母に付き添われて精神科に行き、丸薬をもらったが、それは舌の下に隠されたあと花壇に埋められた。ずっと以前に子音と母音の約束を理解したあの庭に座り込んで午後の陽射しを浴びながら、彼女は二つの季節をやり過ごした。夏になる前にうなじが日に焼けて黒くなり、いつも汗が浮かんでいた鼻にはぽつぽつとあせもができた。彼女が埋めた薬を吸収して育ったサルビアが暗赤色の花蕊《かずい》を尖らせはじめたころ、医師と母は相談の上、彼女を学校へ戻した。家に閉じこもっていても何の助けにもならないことは明らかだったし、何をおいても進学はしなくてはならなかったから。

二月に入学通知を受け取っただけの、初めて行く公立高校の校庭は殺風景だった。教科の進度は彼女のはるかに先を行っていた。先生たちは年齢を問わず権威をかさにきていた。朝から夕方まで一言もものを言わない彼女に関心を持つ同級生はいない。教科書を読むように指名されたときも、体育の時間に号令係を命じられたときも、彼女は先生の顔をじっと見上げるだけで、例外なく教室の後ろに追いやられるか頬を打たれた。

医師や母の願いとは異なり、団体生活の刺激が彼女の沈黙に亀裂を入れることはなかった。静寂はむしろさらに明るく濃密なものとなり、薄暗い壺のような彼女の体をいっぱいに満たしてしまった。家へ帰る雑踏の中にあって、彼女はまるで巨大なシャボン玉の中で動いているようだった。重さの感覚を失ったまま、ふわふわと足を運んでいた。水中から水面上を眺めるときのように、静寂のただ中で風景はちらちらとまたたき、車たちは轟音をたてて走り、道行く人々の肘が彼女の肩と腕を鋭く突いては行き過ぎた。


長い時間が流れたあとで、彼女は訝しんだ。

あの、冬休みを控えた冬の平凡な授業の中で、一つのありふれたフランス語の単語が彼女を揺り動かすことがなかったらどうなっていただろうかと。まるで退化した器官の存在に気づくようにして、ふっと言葉を取り戻すことがなかったら、どうなっていただろうかと。

漢文でも英語でもなくよりによってフランス語だったのは、高校から選択科目として選んだこの外国語になじみが薄かったためかもしれない。いつものように黙々と黒板を見上げていた彼女の目が、一か所に止まった。背が低く、髪の毛が半分しかないフランス語の先生が、その単語を指さして発音した。彼女の上下の唇が放心したまま、幼い子どもの口のようにうごめいた。ビブリオテク。舌よりものどよりもさらに深いところで、つぶやきが聞こえた。

それがどんなに重要な瞬間であったか、彼女にはまるでわかっていなかった。

恐怖はまだ、おぼろげだった。苦痛はまだ、沈黙の胎内から熱く灼けた回路を産み落とすことをためらっていた。綴りと響きと不確かな意味とが出会う場所で、喜びと罪が一体となり、爆薬の導火線のようにゆっくりと燃え進んでいた。

＊

女は両手を机に載せている。爪の検査を待つ子どものような、こわばった姿勢でうつむいている。男の声が教室に響き渡るのを聞いている。

古典ギリシャ語には受動態でも能動態でもない第三の態があるということは前の時間にお話しましたね？

彼女と同じ列に座っている男子学生が力をこめてうなずく。頬が丸く、顔にたくさんにきびがある、頭の良いいたずらっ子という印象の哲学科二年生だ。

女は窓の方へ頭をめぐらす。医科予備科をようやく出たものの、ひとの人生に責任を負う仕事が性に合わないので、医師になるのはあきらめて医学史を勉強しているという大学院生の横顔が見える。太って二重あごで、黒い丸いセルフレームのめがねをかけた大柄な彼は、パッと見にはのんきそうで、休み時間にはよく通る声で、にきび面の大学生としきりにふざけ合って過ごす。しかし授業が始まると彼の態度はたちまち変わる。失敗を恐れているかのように、常に緊張していることがはっきりとわかる。

私たちが中動態と呼んでいるこの態は、主語に再帰的に影響を及ぼす行為を表します。

窓の外では殺風景な低層マンション街に、だいだい色の電灯がまばらに灯っている。まだ葉が出ていない若い広葉樹が、黒く、か細い枝のりんかくを暗闇の中にひそめている。その荒涼とした風景を、大柄な受講生の脅えた顔を、ギリシャ語講師の青白い手首を、彼女は黙々と見つめている。

二十年ぶりに再び訪れた沈黙は、以前のようにあたたかくも、濃密でも、明るくもなかった。初めての沈黙が出生以前の静寂に近かったとしたら、こんどの沈黙はまるで死後のもののようだった。前は水中から、ゆらめく外の世界を眺めているような感じだったが、今、彼女は固い壁と地べたを伝って歩く影となり、巨大な水槽に入った生を外から見ているかのようだった。すべての言語の一つひとつが聞こえるし、読めるが、唇を開いて音にすることができない。肉体を失った影のような、枯れた木のがらんどうの内部のような、隕石と隕石の間の暗い空間のような、冷たくて稀薄な沈黙だった。

母国語ではなく、よそよそしい外国語が沈黙を打ち破るとは、二十年前の彼女には予想すらできなかった。今、彼女がこの私設のカルチャースクールで古典ギリシャ語を学んでいるのは、こんどは自分の意志で言語を取り戻したいからだ。一緒に講義を聞いている受講生たちが原書購読を希望したプラトン、ホメロス、ヘロドトス、そして俗化した後世のギリシャ語で書かれた文献に、彼女はほとんど無関心だった。もっとなじみのない文字を用いるビルマ語やサンスクリット語の講座があったら、ためらうことなくそのクラスに入っただろう。

……例えば、「買う」という意味を持つ動詞に中動態を用いると、何かを買って結局自分のものにしたという意味になります。「愛する」という動詞に中動態を当てはめると、何かを愛して、それが自分に影響を与えたという意味になります。英語に kill himself という表現がありますね？　ギリシャ語では himself を使わず、この中動態を用い、単語一つでそれを表せるのです、このように、と言いながら男は黒板に書く。

διεφθάρται.

黒板に書かれた文字をしげしげと見上げて、彼女は鉛筆を握る。ノートにその単語を書き写す。こんなにも複雑な規則を持つ言語に彼女は接したことがなかった。動詞は主語の格と性と数によって、また様々な段階を持つ時制によって、そして三つの「態」によっていちいち形を変える。驚くほど精巧で綿密な規則のおかげで、むしろ文章は簡単明瞭だ。無理に主語を立てる必要もなければ、語順を守る必要すらない。三人称単数の人物を主体とし、いつか一度起きたことを表す完了時制を用い、中動態によって変化したこの一つの単語に、「彼はあるとき自分を殺そうとしたことがある」という意味が圧縮されている。

八年前に彼女が産み、今はもう育てることができなくなった子どもが初めて言葉を覚えようとしていたころ、彼女は、人間のすべての言語が圧縮されたような一つの単語を夢に見たことがある。背中が汗でびっしょり濡れるほど生々しい悪夢だった。とてつもない密度と重量で堅く打ち固められた一つの単語。誰かが発音したらその瞬間に、太初《たいしょ》の物質さながらに爆発し、膨張していくだろう。夜泣きのひどかった子どもを寝かしつけながら一瞬うとうとするたび、途方もなく重いその言語の結晶が、彼女の熱い心臓に、脈打つ心室のまん中に、冷えきった爆薬のように装塡される夢を見た。

思い出すだけでもぞっとするようなその感覚を歯の間で圧しつぶしながら、彼女は書く。

διεφθάρται.

氷の柱のように冷たく、固い言葉。

他のどんな単語と結びつけて使われることも期待していない、極限まで自足しているその言葉。

取り返しのつかなさをすべて受け入れ、態度を決めたすえにようやく唇からしぼり出すことができるのであろう、その言葉。

*

夜になっても静けさは来ない。

半ブロックむこうから聞こえてくる高速道路の轟音が、女の鼓膜に数千個ものスケート靴で擦られたような引っかき傷を残す。

傷ついた花弁を四方にまきちらしはじめた紫木蓮が、街灯の明かりで光っている。枝がしなうほどみごとに咲いていた花々の肉感や、つぶしたら甘い匂いが漂ってきそうな春の夜気を横切って、彼女は歩いていく。自分の頬に何も流れていないことを知りつつ、ときどき、両手で顔を拭う。

ちらしと税金の通告書が入った郵便受けを通り過ぎ、エレベーターの隣にどっしりと構えた一階の玄関のドアに、彼女はキーを差し入れる。
また養育権の訴訟を起こして子どもを取り返すつもりだったから、家の中には子どもがいた痕跡がそっくりそのまま残っている。古い布のソファーの横の低い本棚には、三歳のときから読み続けてきた絵本が入っており、動物のシールで飾った段ボールのおもちゃ箱は大小のレゴの付属品でいっぱいだ。

何年か前、子どもが思いきり遊べるようにとわざわざ一階に求めた家だ。けれども子どもは、足を踏み鳴らしたり飛び跳ねたりはめったにしなかった。お部屋で縄跳びの練習してもいいのよ、と彼女が言うと子は尋ねた。みみずやでんでん虫に、うるさくないかな?

同年代の子に比べて体が小さく、骨格もきゃしゃな子だった。怖い場面のある本を読むと熱が三十八度近くまで上がり、緊張すると吐いたり、下痢をしたりした。その子が、夫の実家にとっては初孫で唯一の男の子だったために、もう母親がつきっきりでなければならないほど幼くないために、彼女が精神的に敏感すぎて子どもに悪影響を及ぼすと元夫が一貫して主張したために——十代のときに受けた精神科治療の記録が不利な証拠として提出された——昨年、銀行で本社への昇進の辞令が出た夫に比べて彼女の収入が破格に少なく、また不規則だったために、彼女は最後の裁判で負けた。今やその収入すら絶たれたのだから、次の訴訟を起こすことは現時点では不可能だった。

＊

彼女は靴も脱がずに玄関のしきいに腰かける。分厚い古典ギリシャ語の教科書、辞書、ノート、平たいペンケースが入ったバッグをおろす。黄色い光センサーが消えるまで、目を閉じて待つ。暗くなると彼女は目を開ける。暗がりの中で黒く見える家具と黒いカーテン、静寂の中に浸っているベランダを見る。ゆっくりと唇を開き、すぐに閉じる。

心臓に装塡された冷たい爆薬に向かって燃え進んでいた火花はもう、ない。血が流れていない血管の内部のように、またはもう作動していないエレベーターの通路のように、彼女の唇の内部はがらんとあいている。依然として乾ききったままの頰を、彼女は手の甲でこする。

涙が流れたところに地図を書いておけたなら。

言葉が流れ出てきた道を針で突き、血で印をつけておけたなら。

でも、あの道はむごすぎた。

舌よりものどよりもさらに深いところで、彼女はつぶやく。

3

十四歳の初夏のことだった。

みごとな満月が何度となく、黒雲のかたまりにすっぽり隠れてはまた姿を現す、そんな日曜日の夜だった。どんなに磨いても黒ずみが残ってしまう銀の匙のようだったその満月を見上げながら、僕は暗い歩道を歩いていった。一瞬、神秘的で不吉な暗号のような紫色の月暈《げつうん》が、雲の上に丸く広がった。

水踰里《スユリ》の家から四・一九塔の交差点まではバスでせいぜい三停留所ほどの距離だったが、ゆっくりゆっくり歩いていったのですっかり遅くなってしまった。角の書店に着いたときは、その隣の電気屋にたくさん並んでいたテレビでいっせいに九時のニュースが始まるところだった。書店に入ると、しわくちゃのグレーのシャツに幅広のサスペンダーをした中年の主人が閉店準備をしていた。五分だけ待ってくれと頼み、僕はそそくさと書架の前を行き来して本を選んだ。そのとき抜き出した本の一冊がこれ、仏教に関するボルヘスの一般向け講演を翻訳した文庫版の本だった。

当時の僕にとって仏教の印象といえば、半月ほど前に母と妹と一緒に行った燃灯会《ねんとうえ》（陰暦の四月八日の釈迦誕生日に提灯を灯して仏に祈りを捧げる儀式）の記憶がすべてだった。それまでの僕の短い人生をすべてひっくるめて、視覚的にいちばん美しいといえる光景であり、僕はそれをこの一昼夜で味わいつくしたのだ。何十枚もの薄紫色の韓紙一枚一枚にひだを寄せて作った花のついた提灯が日の光を受けて、本殿の前庭で揺れていた。その日だけ特別に寺でふるまってくれた薄味のうどんを、供養間の前のけやきの木陰で食べたあと、暗くなるのを待っていたが、ついに提灯に灯がともったとき僕は魂を奪われてしまった。あたたかいろうそくの光が内側から静かに漏れ出してくる、墨色の闇の中で重なり合って揺れている何百りんもの花のような、赤や白の提灯。もうそろそろ帰ろうねと母にせかされたけれど、僕は一歩も動けなかった。

二か月後に一家で韓国を出ると母に聞かされた日曜の朝、なぜ僕の目の前にあの提灯が浮かんできたのだろう。あの光が僕に与えた衝撃が宗教的な畏敬の念と少し違っているのはうっすらと理解していたけれど、母が多めにくれたお金で基礎ドイツ語の教科書と会話のテープを買いに行った夜、僕は欲を出して文庫版の『スッタニパータ』と『法句経』、玄岩社から出ていた煉瓦模様の表紙の『華厳経講義』と『涅槃経講義』を買った。その本たちを地球の裏側のドイツまで運搬することで家族と僕の運命が守られるのではないかという、漠然として迷信じみた希望のようなものを、僕は抱いていたらしい。

ボルヘスの薄い本がこの目録に入ってきたのは、西洋人が書いた本だけに基礎の入門書になってくれるのではという現実的な期待があったためだ。半ば目を閉じ、何かを祈っているか悔いているかのように両手を胸の前で合わせた彼の白黒写真が草色の表紙の上の方に印刷されていることに、そのときは特に目を止めはしなかった。


ドイツで過ごした十七年間、僕はその本たちをゆっくりと、くり返し読んだ。ある晩にはただハングルの形を見ていたくて、ページもめくらないまま長い時間を過ごしたこともある。どの本を開いても、あの初夏の夜の水踰里の涼しい空気が腕に触れてくるのを感じた。暗い銀の匙のようだった月と、神秘的で不吉な暗示のようだった紫色の月暈を忘れていないのは、あの本のおかげだ。

そうして僕がいちばん好きになった本は、『華厳経講義』だった。一つの思想体系があんなにもまばゆいイメージによって描き出されているのを、その後どんな本でも体験したことはない。一方ボルヘスの本は予想通り平易で客観的な内容で、比較的早い時期に手にとったあと、本棚に入れっ放しだった。時が流れ、大学に入って、彼の小説や評伝をドイツ語で読んでから、新たな気持ちで開いてみたことを思い出す。

今朝、この草色の薄い本のことがまた思い出されて倉庫のトランクから取り出してきた。一ページ一ページめくっていくと、乱暴な筆跡のメモを見つけた。「この世は幻であり、生きることは夢なのです」というボルヘスが口述した文章のすぐ下にだ。

夢がなんでこんなに生々しいんだ。血が流れたり熱い涙が溢れてくるんだ。

続けてドイツ語で「命、命」と走り書きしてから太い斜め線を引いて消した跡があった。明らかに僕の筆跡だが、いつこんなことを書いたのかまったく思い出せなかった。ドイツで学生がノートをとるときに使う、濃いブルーのインクを使っていることだけがわかった。

僕は机の引き出しを開け、古い灰色の革の筆入れを取り出した。記憶していた通り、万年筆が入っていた。ドイツに来た直後から大学二年生のころまで、何度かペン先を交換しながら使っていたものだ。傷が少しあるだけで壊れてはいないキャップをはずして机の一方に置き、ペン先で固まっているインクを溶かすために万年筆をバスルームに持っていった。洗面台にきれいな水を張ってペン先を浸けると、濃いブルーのインクが細い糸のように曲線を描いてゆらめきながら、どこまでも広がっていった。

4

μὴ αἴτει οὐδὲν αὐτόν.
何も彼に求めないで下さい。

μὴ ἄλλως ποιήσῃς.
他の方法でやらないで下さい。

わらわらと続いて読む受講生たちの間に、彼女は黙って座っている。ギリシャ語講師はもう、彼女が黙っていても何も言わない。斜めになった後ろ姿を見せ、ふっくらした黒板消しを持った手と腕を大きく動かして、黒板いっぱいに書かれた文字を消す。
彼が動作を止めるまで、受講生たちは黙っている。柱の後ろに座っているやせた中年男性が、腰をぐっと伸ばしては拳で背骨のあたりを叩く。にきび面の哲学徒は机の上に載せてあるスマートフォンの液晶画面の上で人差し指を動かす。大柄な大学院生は、黒板の上で力いっぱい消されていく文章を見守っている。体つきとは対照的な薄い唇を開けて、聞こえない声で、消えていく単語を読む。

六月からはプラトンを読みます。もちろん、文法は引き続き併せて勉強していきます。

まっさらになった黒板に上体をもたせかけてギリシャ語講師が言う。チョークを持っていない方の手でめがねをずり上げる。

沈黙の中から、オオ、ウウ、といった、分節化できない音声だけで意思疎通していた人間たちが、最初のいくつかの単語を作りだしたあと、言語は徐々に体系を整えていきます。体系が頂点に達したとき、言語は極度に精巧で複雑な規則を持ちます。古語を学ぶことが難しいのは、まさにそのためです。

彼は黒板にチョークで放物線を描く。左側から上っていく傾斜はけわしくて短く、右側に降りる傾斜はゆるやかで長い。放物線の頂点を人差し指で示して、彼は言葉を継ぐ。

頂点に至った言語はまさにその瞬間から、緩慢な放物線を描いてゆっくりと、さらに使いやすい形態へと変化していきます。ある意味では衰退であり堕落でありますが、ある意味では進展と見ることもできるでしょう。今日のヨーロッパ言語はその長いプロセスを経て、さらに厳格に、精巧に、複雑に変化していった結果です。プラトンを読みながら、数千年前の、頂点に達していた古語の美しさを味わうことができるでしょう。

次の言葉を言い継ぐ前に彼は、沈黙する。柱の後ろに座った中年男性が、拳で口を覆って短く低い咳払いをする。もう一度長く咳払いすると、額のにきびが赤く膿んだ大学生が、男の方をちらりと振り向く。

プラトンが駆使したギリシャ語とは、いわば今にも落ちそうな、ずっしりと熟れた果実のようなものでした。彼の世代以降、古典ギリシャ語は急激に凋落していきます。言語とともにギリシャという国家もまた衰亡を迎えていくわけですね。そうした点において、プラトンは言語のみならず、自分をとりまくすべてのものが日没を迎えるその只中に立ちつくしていたわけです。

彼女は彼の言葉に耳を傾けるが、言葉のすべてに集中することはできずにいる。文章は大きな魚の胴体をぶつ切りにしたようになって、うろこのような助詞や語尾もそのままに彼女の耳に打ち込まれる。〈沈黙の中から〉〈オオ、ウウ〉〈分節化できない音声〉〈最初のいくつかの単語〉。

言葉を失う前――それを駆使して文章を書いていたとき――彼女は、自分が使う言葉がそれに近いものであればいいと願っていた。呻吟や低い悲鳴。病んだ者の息を殺した声。けものの うなる声。眠りにつく子どもをあやすときのつぶやき。漏れ聞こえる、くすくす笑い。誰かの唇が開き、また閉じる音。

彼女自身、自分が使った単語の形を眺めたあとで、唇を開いてそれを読んでみることがあった。壁にピンでとめつけられた肉体のような文字の平板さと、読んでみたときの自分の声がいかに違うか彼女はすぐに気づいた。読むことを中断しては、彼女は生唾をのみこんだものだった。切られたところをグッと押して止血したり、逆に思いきり血を絞り出して血管に菌が入るのを防ぐときのように。

5

声

あなたが今この手紙を読んでいるなら――この手紙が私に送り返されてこなかったら――あなたのご家族はまだあの病院の二階に住んでいるのですね。

十八世紀に印刷所として建てられたという石造りの建物は今ごろ、柔らかいツタの葉で覆われているでしょう。中庭につながる石段のすきまに、繊細なすみれの花が咲いてはしぼんでいることでしょう。たんぽぽの花は散り、しらじらとした魂のような綿毛だけが丸く残っているでしょう。太字で印刷されたカンマやピリオドのような、野性的な蟻たちが行列を作って、階段のすみを上り下りしているのでしょうね。

見るたびに色の違うあでやかなサリーをまとったあなたのベンガル人のお母さんは、今も美しいでしょうか。冷えびえとした灰色の目で私の眼球をのぞき込んだドイツ人のお父さんは、まだ眼科医をなさっていますか。あなたが産んだという娘さんももう、ずいぶん大きくなったでしょうね。この手紙を読んでいる今、あなたは子どもさんを祖父母に会わせようとしてちょっと出かけてきたところでしょうか。あなたが使っていた北側の部屋に泊まり、ときどき乳母車を押して川辺を散歩するのでしょうか。あなたが好きだった古い橋の前のベンチに腰かけて休み、いつもポケットに入れているフィルムの切れ端を取り出して目に当てては、お日様を見上げたり、していますか。

初めてあなたと並んであの橋の前のベンチに座ったとき、あなたはほんとに突然、ジーンズのポケットから二枚のネガフィルムの切れ端を取り出しました。浅黒いしなやかな腕を上げ、両目をフィルムで遮って、太陽を見上げましたね。

こらえきれないほど胸が高鳴りました。あなたが同じようにするのを、前にも見たことがあったからです。

初めてあなたのお父さんの診察を受けた日、つまりあの年の六月初めの午後のことでした。ライラックの花が咲き乱れる病院の中庭に置かれた鉄のベンチで、あなたは風になびく黒い髪をぎゅっと束ねて、フィルムごしに太陽を見ていました。あなたの隣に座っていた無愛想な表情の男性看護師が、その一つをくれと指さしましたね。立派な大人が二人並んで片目を閉じ、フィルムの切れ端を通して太陽を見上げているようすには、どこか笑いを誘われるようなものがありました。

陰になったガラス戸の後ろで私が盗み見をしているのには気づかぬまま、男はフィルムから目を離し、何事かあなたに話しかけましたね。あなたは注意深く男の唇を見つめていました。そのとき男が、あなたの唇にぎこちなくさっとキスをしたんです。二人が恋人どうしでないことははっきりわかりましたから、私は驚きました。あなたもやはり驚いたようにびくっと後ろに身を引いてから、すぐに、許しを与えるようにすばやく男の頬にキスをしました。一緒に太陽を見たために生まれた友情に対して、寛大に、儀礼として行う、というように。あなたは軽く腰を浮かせて男が持っていたフィルムの切れ端を取り上げ、男は顔を赤くしたまま、きまり悪げに笑いましたね。あなたも、笑った。黙って背を向けて立ち去っていくあなたの後ろ姿を、男はまだきまり悪そうに見守っていました。

その何分間かの完全な静寂が十六歳だった私にどんなに深い印象を残したか、あなたにはわからないでしょう。いくらも経たないうち、あなたがあの病院の娘さんだということ、赤ちゃんのときに熱病にかかって聴覚を失ったということ、二年前に特別支援学校を卒業したあと、病院の建物の裏にある倉庫で木製家具を製作しながら暮らしているということを知りました。でもそうした事実だけでは、あの日私が見た短い光景の涼やかさを説明しつくせるものではありませんでした。

その後、診療を受けるために病院の玄関に入るたび、あなたが働いている倉庫から電気のこぎりの音が聞こえてくるたび、作業服姿で無心に川辺を散歩するあなたをちょっと離れたところから見るたび、私は突然ライラックの香りをかいだようにぼうっとしてしまうのでした。誰とも一度もキスをしたことのない私の唇が、かすかな電流に感電したようにひそかに震えたものです。

あなたの顔は母方の系統でしたね。

ぎゅっとひっつめた黒い髪も茶褐色の肌も美しかったけれど、何といっても美しかったのは目でした。孤独な労働で鍛え上げられた人の目。真摯さといたずらっぽさ、あたたかみと悲しみがやわらかく溶け合った目。どんなことも軽々《けいけい》には判断せず、まずは見守ってみましょうと大きく見開かれて、何心なくゆらめいているような黒い目。

そのときあなたの肩にポンと触れて、フィルムを貸して下さいと身振りをしてみせればよかったのだろうけれど、私にはそれができなかった。あなたが両目からフィルムの切れ端をはずすまで、ただあなたの丸い額を、そこに垂れて張りついている細い縮れ毛を、純粋なインドの女性のように小さな宝石をつけたら完全になるだろう鼻筋を、そこにたまった丸い汗の玉を見つめるばかりでした。

……何が見えますか？

そう尋ねる間、あなたは注意深く私の唇を見つめていましたね。そのときすぐ、あの無愛想な男性看護師のことが理解できました。あなたの視線が、ただ私の言葉を読み取るためだけに注がれているものだとわかっているのに、突然あなたにキスをしたくなったのです。あなたはだぶだぶの作業服のシャツのポケットから手帖を出して、ボールペンで書きました。

あなたの目で、直接見て。

そのとき私の視力はすでに不安定になっていました。急いで手術をするとかえって失明を早めるだけだという所見をこんこんと説明してくれるとき、あなたのお父さんは安っぽい同情心を見せぬよう、わざと冷淡な顔をしていました。

強い光は良くないということはまだ証明されていないが、気をつけた方が賢明だというのがお父さんの忠告でした。太陽光線が強い昼間にはサングラスをかけ、夜は薄暗い照明の下で過ごすことを勧められました。俳優みたいに人目につくサングラスをかけるのが嫌だった私は、薄い緑色のサングラスで過ごすことを選びました。ですから、いくらフィルムで遮ったとしても、太陽を直接見上げるなんて想像もできないことでした。

私がためらっているのに気づいたあなたは、また、手帖に書きました。

今後。

何度となく筆談で意思疎通をしてきたのでしょう、あなたの手は敏捷で正確でした。

完全に見えなくなる前に。

あなたが私の病の予後について正確に知っていることを、そのとき初めて知りました。あなたの家族が食卓を丸く囲んで私の病状について話している光景は、想像するだけで私に深い傷を残しました。

私は沈黙しました。答えを待っていたあなたは、手帖を閉じて元通りにポケットに入れました。

私たちは川の水を眺めていました。

ただそれだけが許されたことであるかのように。

そのとき私はぼんやりと、今まで味わったことのない悲しみを感じたのだけれど、それがさっき味わった傷と屈辱によるものでないことはすぐにわかりました。将来への恐れや挫折感のためでは、さらにありませんでした。すべてが完全に見えなくなる年齢はまだ私にとってずっと先にあるもので、充分に遠かったのですから。うずくような、しかし甘いこの悲しみは、信じられないほど近くにいるあなたの真摯な横顔から、かすかな電流が流れているような唇から、あんなにもくっきりと鮮やかだった黒い瞳から流れ出てくるものでした。

七月の陽射しを浴びた川の水が巨《おお》きな魚のうろこのようにひるがえり、ゆらめき、輝いていました。あなたが突然私の腕に浅黒い手を載せ、そこに盛り上がる青黒い静脈を私が震える手で撫で、怯える私の唇がついにあなたの唇に触れた瞬間はもう、あなたの中で消えてしまったでしょうか。あの古い橋の前で、あなたの娘は乳母車の外に顔を突き出しておかあさんと呼び、あなたはフィルムの切れ端をポケットにしまって、ゆっくりと体を起こすのでしょうか。

二十年近い時間が流れたけれど、あの瞬間のことは何一つ私の記憶から流失しませんでした。あの一瞬だけではなく、あなたとの最も辛かった瞬間もまた一つ残らず生きていて、わななくのです。自責の念や後悔よりもさらに苦痛なのは、あなたの顔を思い出すことです。涙でしとどに濡れて光っていたあの顔。私の顔を張り倒した、何年間も頑丈な木材を扱い続けて、男より硬かったあの拳。

私を許してくれますか。

許せないとしたら、私が許しを乞うていることを憶えていてくれますか。

＊

あなたのお父さんが予告していた四十歳が近づいていますが、私はまだ見えています。おそらくこの先、一、二年ぐらいはまだ見ることができそうです。長い時間をかけて進行してきたことだから、心の準備はこれ以上必要ありません。許可されたタバコをできるだけ長く吸おうとする囚人のように、日当たりの良い日には家の前の通りに出て座り、長い午後を過ごすだけです。

ソウルのはずれのこの商店街の路地には、さまざまな種類の人たちが行き来します。制服のスカートを不格好にたくし上げてはいている女子学生。汗で濡れたトレーニングウェアを着た、下腹の出た中年男。ファッション雑誌から今出てきたようなおしゃれなワンピース姿で、誰かと携帯電話で話しながら歩いていく女。真っ白な髪をショートカットにして、きらきら光る飾りがたくさんついたセーターを着て、ゆったりとした動作でタバコに火をつける老婆。どこかから人をののしる声が聞こえ、食堂からはクッパの匂いが広がります。自転車に乗った少年がわざと大きな音でベルを鳴らしながら、私の前を滑るように通り過ぎていきます。

最大限に度数を上げためがねをかけていますが、これらすべてのものの細部を私はもう見ることができません。形と動きがひとかたまりにこね混ぜられてしまうので、鮮明なディテールについては想像の力を借りるしかありません。女子学生の唇は音楽に合わせて上下に動いているはず。下唇の左側に、あなたの顔にもあったような、薄青い小さなほくろがあるようです。中年男のトレーニングウェアの袖は垢でてかっており、もともとは白かったスニーカーのひもが、何か月も洗っていないので濃い灰色になっているのでしょう。自転車に乗った少年のこめかみのあたりには汗の玉が流れ落ちているでしょう。なみなみならぬ貫録を感じさせる老婆のタバコは細くて繊細な種類のもので、セーターいっぱいについた小さなキラキラする飾りは、バラかあじさいの形をしているようです。

そんなふうに想像をめぐらせながら人々を見るのに飽きたら、裏山の散策路をゆっくり上ることもあります。淡い緑の木々がひとかたまりになって揺れ、花たちは信じがたいほど美しい色合いに滲んでいます。山の麓にある小さなお寺の本堂に腰かけて、私は休みます。重いめがねをはずし、境界線が完全に崩れてぼんやりとかすむ世界を見渡します。よく見えなくなった人は、まず、音がよく聞こえるようになると思われているようですが、それは事実ではありません。まず第一に感じられるのは、時間です。時間はあたかも巨大な物質がのろのろと進む苛酷な流れのようであり、それが時々刻々と身体を通過していく感覚に、私は徐々に圧倒されます。

日が暮れると急激に視力が落ちるので、遅くなりすぎないうちに私は立ち上がります。家に帰って服を着替え、顔をまた洗います。あなたが好んで太陽を見ていたあの街では正午にあたるころ、こちらの時刻では夜の七時から、カルチャースクールの受講生相手に教えているからです。だいたいはまだ明るいうちにそこに着き、授業の始まる時間を待ちます。明るい建物の中で動き回るにはさして不便はないけれど、めがねをかけていても夜道を一人で歩くのは難しいですから。講義が終わり、受講生がみんな帰った十時ごろ、玄関前にタクシーを呼んで家に帰ります。

そこで何の授業をしているのかというと。

月曜と木曜には古典ギリシャ語の初級を、金曜にはプラトンの原書講読をしている中級クラスを教えています。一クラスの受講生は多くても八人を超えません。西洋哲学に関心のある大学生や、さまざまな年齢と職業の社会人が混じり合っています。

動機が何であれ、古典ギリシャ語を学ぶ人たちには多少なりとも共通点があります。だいたいにおいて、歩いたり話したりするスピードがゆっくりで、あまり感情を表に表しません（たぶん私もその一人であるはずです）。ずっと昔に死に絶えた言葉、口語としては通じない言葉を学ぶ人たちだからでしょうか。沈黙、内気さ、ためらい、控えめな笑い、そんなものが教室の空気を徐々に熱しては徐々に冷ましていきます。

そんなふうに、ここでの日々は無事に流れていきます。

ときに記憶しておくべきことがあったとしても、巨大で不透明な時間の量感に埋もれて、跡形もなく消えていきます。

初めてこの地を離れてドイツに行った年、私は十四歳でした。ドイツからこちらへ戻ったときは三十歳でしたから、そのときに私の人生はほぼ正確に二分され、二つの言語、二つの文化に割れたことになりますね。あなたのお父さんに予告を受けた四十歳以後の時間をどこで過ごすかという二者択一が、私に突きつけられました。母国語を話せる場所に戻りたいと言ったとき、家族や師をはじめとする全員が私を思いとどまらせようとしました。母国語で何をするのかと、母や妹は問いました。大変な思いをして取得したギリシャ哲学の学位などあちらでは紙くずにすぎず、何より、私のような特殊な状況を、家族の手助けなしに一人で乗り越えることはできまいと言われました。では、二年だけやってみてそれから決定すると言って、私はようやく彼らを説得したのです。

当初考えていた時間の三倍近くをここで暮らしたのに、私はまだどんな決定を下すこともできていません。耐えがたいほど恋しかった、四方から土砂崩れのように降り注いでくる母国語に感激しているうちに一つの季節が過ぎて冬が来たとき、ドイツの都市がそうだったのとまったく同じように、ソウルもまた私にとってはよそよそしい街でした。無彩色のウールのコートやジャンパーの中で肩をすくめた人々が、もう長いこと耐えてきた、そしてこれからも長いこと耐えぬいていくのであろう顔をして、私の身体をかすめて凍りついた街を急ぎ足で歩み去っていきました。ドイツでそうだったのとまったく同じように、私はどんな表情も表さずに彼らを見やりました。

つまり、いかなる感傷にも楽観にも陥ることなく、私はここに、いるのです。とても内気な受講生たちや、何人かのスター講師を起用して順当に収益を上げ、この人文科学カルチャースクールを率いている気難しい学院長、アレルギー性鼻炎のために四季を通じてティッシュを離さないショートカットのアルバイト生とささやかな会話をするのが私の暮らしのささやかな楽しみです。朝、その日講読する文章を拡大鏡で見て暗記し、洗面台の上の鏡にぼんやりと映った自分の顔をじっと見つめ、気分が乗れば明るい街の通りをのんびりと歩きます。突然目がまぶしさにやられて涙が出ることがありますが、単純に生理的なものだった涙がなぜか止まらなくなったときには、静かに車道に背を向けて、それが過ぎるのを待つのです。

＊

今あなたは、日に焼けた顔いっぱいに陽射しを浴びながら乳母車を押して帰ってくるところでしょうか。一歳になった娘さんの手には、あなたが束ねて持たせてやったネコジャラシの穂先が、ふさふさと揺れているのでしょうか。川辺から家にまっすぐ帰る代わりに、あなたはあの、建って百年になる聖堂の前に立ち止まり、頑丈な二本の腕で子どもを抱き上げ、乳母車を警備室に預けて、涼しい聖堂の中へ入っていくのでしょうか。

氷浸けにしたような陽射しが、青系統のステンドグラスを透過して降り注いでくるところ。キリストは苦しむことなく十字架に磔にされ、純真な面持ちで天を見上げており、天使たちがちょっと散歩に出るような軽い足取りで空中をそぞろ歩きしているところ。濃い緑色と、もっと濃い緑色の葉先がおとなしく掌を広げているシュロの木。薄い青灰色の髪に、もっと薄い青灰色の修道服をまとった明るい顔の聖人たち。どこへ目を向けても罪や苦痛の痕跡がなく、そのためにほとんど異教的にすら感じられた聖シュテファン聖堂。

あなたと一緒にそこから歩いて出てきたはるか昔の晩秋の夜、あなたは手帖を取り出して私に書いてくれたでしょう。小さいころから信仰生活を送ってきたけれど、どう考えても天国とか地獄みたいな極端な場所が存在するとは信じられない。その代わり、明け方まで暗い街をさまよい歩く霊なら、何となく存在するような気がすると。そんな霊がいるなら、神様も確かにどこかに存在するんじゃないかしら。論理的でもないし全然キリスト教的でもないあなたの信仰宣言がおもしろくて、私は声を上げて笑い、手帖を受け取ると、そのころどこかで読んだ、神の不在に関する論証を書きつけてあなたに渡しました。

この世には悪と苦痛があり、その犠牲となる無辜《むこ》の人びとがいる。

神が善なるものであり、しかしそれを糾すことができないなら、彼は無能な存在である。

神が善ではなくただ全能であり、それを糾すことができないなら、彼は悪なる存在である。

神が善でも、全能でもないならば、それを神と呼ぶことはできない。

したがって、善であり全能な神というものは成立不能である。


本気で怒るときあなたの目は大きくなりますね。濃いまつ毛にふちどられたまぶたが見開かれ、まぶたと唇が震え、息づかいが荒くなり、胸が上下していました。あなたは私からペンを取り返して、手帖にがしがしと書きました。

それなら私の神は善なるもので、悲しむ神なの。そんなバカみたいな論証に魅力を感じていたら、ある日突然あなた自身が成立不能だってことになってしまうわよ。

＊

あなたがあんなに嫌ったギリシャ哲学の論証方法で、このごろ私は自分に問いかけます。何かを失えば他の何かを得ることになるという命題が正しいと仮定するならば、あなたを失うことで私は何を得たのだろうかと。見える世界を失ったことによって今、何を得たのかと。
人間のあらゆる苦痛、後悔、執着、悲しみ、惰弱さなどを真偽に振り分ける網の目にかけて、そこから漏れた一握りの砂金のような命題をすくい上げる論証の過程には、危うさや、釈然としないところがつきまとうのが常です。誤りは大胆に投げうって、か細い平均台の上を一歩一歩進んでゆくとき、自問自答をくり返す賢《さか》しらな文章の網の目の中で、青い青い水のような沈黙がゆらめくのが見えます。それでも私は自問自答を続けています。両の目を沈黙の中に、刻々と水のように満ちてくるまっ青な静寂の中に残したままで。私はあなたにとってなぜあんなにも愚かな恋人だったのか。あなたへの愛は愚かではなかったのに、私が愚かだったために愛までも愚かしくなってしまったのか。私はさして愚かではなかったが、愛が愚かさという属性を備えていて、それが私の愚かさを揺り起こし、ついにすべてをぶち壊してしまったのかと。

τὴν ἀμαθίαν καταλυέται ἡ ἀληθεία.

「真実が愚かさを破壊する」という中動態のギリシャ語の文章です。ほんとうに、そうなのでしょうか。真実が愚かさを打ち砕くとき、真実もまた愚かさによって変化するのでしょうか。同様に、愚かさが真実を破壊するとき愚かさにも亀裂が走り、一緒に壊れてしまうのでしょうか。私の愚かさが愛を破壊したとき、私の愚かさもまた、もろともに破壊されたのだといえば、あなたは詭弁だと言うでしょうか。声――あなたの声。この二十年近く忘れたことのない声。私がまだあの声を愛していると言ったらあなたはまた私の顔を、頑強な拳で張り倒すでしょうか。

＊

十数年間通った特別支援学校の読唇術の授業で、あなたは唇の動きを読むことだけでなく、話すことも学んだと言いましたね。筆談であなたにそのことを聞いてからいくらも経たないある夜、私は考えました。

その授業で習ったようにして、あなたが話してくれないだろうかと。

その夏、私は家族に内緒でドイツ語の手話の教科書を買い、毎晩その例文を練習しました。机の横にかけた小さな鏡に自分を映して一時間ほど手話を勉強していると、背中や脇の下が汗でじっとりと濡れたものです。けれど少しも苦にはならなかったし、飽きることもありませんでした。むしろそれは、人生で二度と経験できなかったほど幸せな夜でした。恋に落ちるのは幽霊に惑わされることに似ていると、私は初めて知りました。明け方に目を覚ます前、あなたの顔がすでにまぶたの中に映り込んでいましたから。まぶたを開けるとあなたが天井に、洋服ダンスに、窓ガラスに、通りに、遠い空に、一瞬にして居場所を変えてちらつくのです。どんな死者の魂も、あれほど執拗になれはしないはず。あの夏の夜、机の横の小さな鏡の中には、汗をぽたぽた落としながらへたくそな手話の練習をしている私の上半身が映っていましたが、そこにあなたの顔がゆらりと重なってくる一瞬を私は見逃しませんでした。

あなたが私に話しかける。

その夜、まずドイツ語で考えておいたこの文章を、声に出して母国語でつぶやいてみました。その瞬間思い浮かんだのは、あなたが一日中働いている倉庫にぎっしりと積んである生木のことでした。人知れず――特にあなたのお父さんに知られぬように――私はそこにしのび込み、あなたが働いている姿を見ていたものです。板をのこぎりで挽き、のみで削り、やすりをかけるあなたの姿はどんなに見ていても飽きることがありませんでした。あなたの仕事が長引くと、私は作業室のすみずみをじっくりと観察しました。壁一面に広げて乾かしている板に鼻を当て、指先で触れてみました。香りの強い杉の木、白い白樺、顔を近づけるとかすかに香る松の木。あなたの丸い肩に似た茶褐色の年輪たち。

あなたの声はおそらく、あの生木たちの感触と匂いにどことなく似ているのだろうと、私は漠然と思っていました。

けれども、そんな好奇心や幻想ゆえにあなたの声を知りたかったのでは決してありません。あのとき私は十六歳で、あなたは私が初めて愛した人でした。あなたと一緒に暮らしたいと私は願っていました。生命あるかぎりいつまでも別れることはないと信じていました。ですから怖かったのです。私はついには目が見えなくなる。もうあなたを見られなくなるときが来るはずでした。筆談でも手話でもあなたと言葉をかわすことができなくなる日が来るはずでした。

何週間かが過ぎて急に肌寒くなってきた休日の午後、仕事の手を休めてお茶をいれていたあなたに、私は聞きました。危険など想像だにせず、おずおずと、いいえ、うすのろみたいに純真に。

読唇術の授業で習った通り、何でもいいから、僕に話してくれない？

あなたは注意深く私の唇を見つめ、ぼんやりした視線で私の目を正視しました。私は落ち着いてさらに説明しました。僕らはいつか一緒に暮らすことになり、僕は目が見えなくなる。僕が見えなくなったら、そのときには言葉が必要になるからと。

どんなにかいくたび、頭の中で時間を巻き戻し、あの日の私の愚かしさをきれいさっぱり消してしまいたいと願ったかあなたは知らないでしょう。あなたの顔は冷たくこわばり、小雨が降って木がいっそう濃密な香りを放っていた倉庫からたちまち私を追い出しました。それ以来私に会おうとせず、もちろん私にキスをすることもなく、ゆらゆら揺れる黒髪、良い匂いのするうなじ、繊細な鎖骨に顔を埋めさせてくれることもなく、それを渇望している私の手をあなたのシャツの中に引き入れて心臓の搏動を感じさせてくれることもなく、明け方からあなたの家の前をうろうろして待っていた私に断固として顔をそむけ、私の指をはさみそうになるのもかまわず倉庫のドアを力いっぱい閉め、そして何週間かが過ぎた夜、ついに決死の思いで謝った私に拳をくらわせたのでした。

私もあなたも驚きました。私は落ちためがねを拾うこともせず、鼻と唇から甘い血が流れ出るのもそのままにあなたの脚に抱きつきました。あなたはそれをふりほどき、私の体を引きずっていって倒し、めらめらと目を燃やしながら一瞬、口を開きました。

……出テッテ！　スグニ！

あの声。

冬の夜、窓のすきまをひっかきながら漏れ入ってくる風の音。

糸のこが鉄の上でたてるような、ガラス窓が割れるような音。それがあなたの声だった。

私は手探りで、腹這いで、再びあなたの脚をかき抱きました。ほんとうに知らなかったのですか。私はあなたを、愛していたのです。私の理解を超えた狂おしさで、あなたが材木片を拾って私の顔をぶちのめし、私がその場で気絶したとき、やけどしそうに熱い涙が私の目から流れるのをあなたは見たでしょうか。

＊

愚かしさが一つの季節を台無しにし、また私自身をも破壊しました。ですから今では私も知っています。万一私たちがほんとうに一緒に暮らしていたら、私の目が見えなくなったあと、あなたの声は必要なかっただろうと。見える世界が徐々に引き潮のように後ずさりして消えていくうちに、私たちの沈黙もまた徐々に完成されていったでしょうから。

あなたを失って何年か過ぎたあと、二枚のフィルムのかけらを通して太陽を見上げてみたことがあります。怖かったから正午ではなく、午後六時に。薄めた酸を注いだように目がしばしばして、長く見続けることはできませんでした。何がそんなにもあなたを魅了したのか、知ることはできませんでした。ただ懐かしかったばかりです。私のそばに座っていないあなたの手の甲が、薄い褐色の肌の上に盛り上がっていた青黒い静脈が。

＊

今あなたは子どもを抱いて、暗い聖堂から出てきたところでしょうか。入り口の警備員に預けておいた乳母車を引き取り、子どもを乗せ、バックルを閉めて、乱れていた髪を直して一つに束ね、そろそろ家に帰るのですか。十六歳の私が夜明けから、愚かしさと煩悶を抱いてさまよっていたあの通りを、黒い小石が埋め込まれた舗道を通って歩いていくのですか。乳母車の車輪が急にはね上がるたびに子どもの胸の前に手をさしのべてなだめるのでしょうか。善なるがゆえに悲しむあなたの神を肩に負って、一歩、一歩、静寂の中を歩むのでしょうか。

そこではここより七時間遅く日が昇るでしょう。

遠くない日、私が正午の太陽の下でフィルムのかけらを取り出すとき、あなたは早朝五時の闇の中にいるでしょう。あなたの手の静脈の色に似た大気の青さはまだ、漏れてきません。あなたの心臓は規則的に脈打ち、燃え上がり、涙ぐんでいた両の目がまぶたの下でときどき揺れるでしょう。完全な闇の中へと私が歩み入っていくとき、この長く続いた苦痛とは別に、あなたを思い出してもよいでしょうか。

6

やめて下さい。
παῦε.
私に求めて下さい。
αἴτει με.
他の方法でやって下さい。
ἄλλως ποιήσῃς.

やめないで下さい。
μὴ παῦε.
何も私に求めないで下さい。
μὴ αἴτει μηδέν με.
決して他の方法でやらないで下さい。
μὴ ἄλλως ποιήσῃς.

暗い緑色の黒板いっぱいに文章を書いたあと、男は黒板の端に上半身をもたせかける。濃い青のシャツの肩の部分がすっかりチョークの粉まみれになっているのに気づいていない。きれいに剃り上げた彼の顔はとても青白く、ちょっと見たところは大学院生ぐらいに若く見えるが、こけた両頬が年齢を語っている。老いの静かな始まりを知らせる細いしわが、目と口元にしっかりと刻まれている。

7 雪

話せたとき、彼女は小声の人だった。

声帯の発達が悪いとか、肺活量の問題ではなかった。彼女は空間を占有することが嫌だったのだ。誰もが必ず自分の体の分だけ物理的な空間を占有するが、声はそれよりもはるかに広がる。彼女は自分の存在を遠くまで広げたくなかった。

地下鉄や街で、カフェや食堂で、彼女は気がねなく大声で会話したり、大声をあげて誰かを呼んだりしなかった。どんな場所でも——講義をするときだけは例外だったが——誰よりも低い声で話した。やせていたが、自分の体積をさらに減らそうとして肩と背をすくめていた。彼女はユーモアを解し、たいへん楽天的な微笑をたたえていたが、笑い声だけは小さく、ほとんど聞き取ることができなかった。

彼女を担当していた白髪混じりのセラピストはその点を指摘した。定石通り、彼女の幼年期体験に原因を探ろうとした。彼女は彼に半ば協力した。十代のときに言葉を失った経験があると告白する代わりに、さらにさかのぼった昔の記憶をたどってみせたのだ。

彼女を身ごもったとき、彼女の母は疑似腸チフスにかかっていた。高熱と悪寒に苦しみ、毎食後、一握りもの丸薬を、一か月あまり服用した。彼女と逆に性急で激しい性格だった母は、体を動かせるようになるが早いか産婦人科に行き、子どもは堕ろすと言った。薬をあんなに飲んで、無傷な子が生まれるわけはないと考えたのだった。

医師は、もう胎盤が形成されているので妊娠中絶は危険であり、二か月後にまた来院したら誘発分娩注射をして子どもを死産させてやろうと約束した。だが、約束の二か月後が近づくと胎動が始まり、決心がゆらいだ母は病院に行かなかった。その代わり、子が生まれるまで不安に苦しんだ。羊水に濡れて滑る赤ん坊の手足の指を何度も数えてようやく胸をなでおろしたのである。

大きくなるまでに彼女はこの逸話をたびたび聞いた。父方のおば、母方のいとこたち、おせっかいな近所の女たちから。あんたはひょっとしたら生まれてこなかったかもしれないのよという言葉が、呪文のようにくり返された。

まだ自分の感情をはっきり自覚できない幼い者にも、この言葉がはらんでいるぞっとするような冷たさははっきり感じられた。自分は生まれない子だったのかもしれない。世界は彼女にとって、当然のものとして与えられた何かではなかった。それはまっ暗闇の中で多くの変数が出会った結果、偶然に許された可能性であり、かろうじてしばらくふくらんでいるだけの、薄い膜に包まれた気泡にすぎない。騒々しい、よく笑う大勢のお客をぎこちなく見送ったあと、彼女は縁側にうずくまり、たそがれの中に埋もれていく庭を見守ったものだった。最大限に息を殺して肩をすくめたまま、あまりにも薄く広大な一枚の膜で覆われた世界が闇に呑まれていくのを感じた。

彼女が告白したこの話を、セラピストは興味をもって聞いた。ひょっとしてそれが最初の記憶ですか、という彼の質問に、彼女はいいえと答え、さらに考えをたぐりよせた。陽射しのあたる庭で味わった一瞬の記憶――母国語の音韻を初めて発見した――を切り出した。そのエピソードもまた、セラピストの気に入った。二つの記憶を慎重に結びつけて、彼は結論を導き出そうとした。最初の記憶によって浮かび上がったように、あなたが言語にとらわれたのは、言語と世界が結びつく回路が危ういものだということを本能的に知っていたからではありませんか？　つまりその魅力は、あなたが世界に対して抱いていた危うさの感覚と、無意識によく似ていたのではないでしょうか？

セラピストは彼女の顔を凝視した。

では、最初に見た夢を憶えていますか？

ふと、ひょっとして彼女は自分の著書にこれを引用するつもりなのではないかと彼女は思った。突拍子もないそんな想像で不安になったため、彼女は打ち明けなかった――読み書きができるようになっていくらも経たないころに見た、異様なまでに生々しく寒々しい夢について。見知らぬ街に雪が降っており、知らない無表情な大人たちが彼女とすれ違っていった。幼い彼女は見たこともない服を着て、一人で大通りに立っていた。それだけの夢だ。何か事件が起きたわけでもなく結末もない。ただ、冷え冷えとした感覚だけがあった。雪が降っている、耳をふさいだように静かな街。初めて見る人々。一人ぼっちの自分の体。

彼女が黙ってその夢のディテールに集中しようと努めている間、セラピストは処方へ向かって一歩ずつ歩んでいった。あなたは人生を理解するには幼すぎ、当然ながらそのときは自立して生きる力もまったくなく、危うかった出生の過程について聞くたびに自分の存在が消えてしまうような危機を感じたのだろうと。しかしあなたはもう立派な大人であり、力を持っている。怖がらなくていい。萎縮しなくてもいい。大声を出しても大丈夫。充分に空間を占有し、背をまっすぐに伸ばしなさい。

その論理に従うなら、彼女の残りの人生は一つの闘いに、自分はこの世に存在してもいいのかと問う、内なる細い声に一つひとつ答えていく闘いになるはずだった。その明晰で美しい結論のどこかが、彼女を居心地悪くさせた。彼女は今も広い空間を占めたくなかったし、自分が恐怖にとらわれて生きてきたとも、持って生まれた自然さを抑圧して生きてきたとも思わなかった。

　カウンセリングが整然と進行していた五か月め、彼女の声が大きくなる代わりに言葉を失ってしまったことにセラピストはショックを受けたらしい。理解できます、と彼は言った。あなたがどんなに辛かったか理解できます。訴訟に負けたことも、ちょうどそのときに重なった肉親の死を受け入れられなかったことも。お子さんに会いたくてがまんできなかったでしょうね。わかります。これらのすべてを一人で担ってゆくのは不可能だと感じたのでしょう。

　丁寧すぎる彼の語調に彼女は戸惑った。いちばん受け入れられなかったのは、わかりますという言葉だ。それが真実でないことが彼女にはすぐにわかった。すべてを黙々と収拾する沈黙が、二人を取り囲んで待ちかまえていた。

　違います。

　彼女はペンをとり、テーブルに置かれた白紙の上に、きちんとした字で書いた。

　そんなに簡単なことではありません。

＊

話せたころ、ときどき彼女は話す代わりに相手をじっと見つめた。言いたいことはすべて視線に翻訳できると信じているかのように。言葉の代わりに目であいさつし、言葉の代わりに目で感謝を表し、言葉の代わりに目で謝罪した。視線ほど、たちどころに思いのままを表せる接触方法はないと彼女は感じていた。接触せずに接触できる、ほとんど唯一の方法だと。

それに比べると言葉は、何十倍も肉体的な接触だった。肺とのどと舌と唇を動かし、空気を震わせて相手に届かせる。舌が渇き、唾が飛び、唇がひび割れる。この肉体的なプロセスに耐えられないと感じるとき、彼女の言葉はむしろ増えた。書き言葉のような長いセンテンスを連ね、うねり流れる話し言葉の生命力を圧し殺して語り続けた。声もふだんより大きかった。人が自分の言葉に真摯に耳を傾ければ傾けるほど彼女の話は理屈っぽくなり、しかしにこやかな笑みを浮かべていた。そんなことが続く時期は、一人でいても書きものに集中できなかった。

言葉を失う直前、彼女はいつになく闊達な多弁家であり、いつにもまして長いこと文章が書けなかった。自分の声が空間の中へ広がるのを好まなかったのと同様、自分の書いた文が沈黙の中に巻き起こす騒乱にもまた耐えられなかった。ときには、書きはじめてもいない一、二の単語の配列を考えてみただけで吐き気を覚えた。

しかしそれもまた、言葉をなくした原因ではありえなかった。そんなに簡単なことではなかった。

＊

δύσβατός γέ τις ὁ τόπος
φαίνεται καὶ ἐπίσκιος·
ἔστι γοῦν σκοτεινὸς καὶ
δυσδιερεύνητος.

ここは、どちらを向いても
歩きづらい場所だ。
あたりがすっかり暗く、
何を探すにも骨の折れるところ。

机に広げた本に彼女は顔を伏せていた。『国家』の原書の前半と韓国語の翻訳を対照して見ることができるように製本された、分厚い教材だ。彼女のこめかみをつたって流れた汗のしずくがギリシャ語の文章の上に落ちる。ざらざらした再生紙が濡れて少しふくらみ、盛り上がる。

顔を上げると薄暗かった教室が急に明るくなったように感じられ、彼女はややとまどう。柱の後ろの席でいつも沈黙を守っていた中年の終わりぐらいの男性が、声を少し落とし、体の大きな大学院生相手に交わしている会話が、そのときになって彼女の耳に割り込んできた。

……アンコールワットです。昨日の朝、帰ってきたんですよ。四泊五日の夏休みを先にとったんです。だから疲れちゃってね、今日の授業は休もうかと思ったんだけど、二週連続で休むと受講料がもったいないでしょ。まあ、まだ体力は充分ですね。週末ごとに山に行ってますからね。私自身はよくわかんないんだけど、みんなに顔が日焼けしたって言われますよ。もう、あそこの暑さといったらこっちとはくらべものになりません。毎日一回ずつスコールがあるけど、だからってパッと涼しくなるわけじゃないしね……あのね、廃墟に興味があるんですよ。古代クメールの文字が寺院の石に彫ってあるんですが、個人的には古典ギリシャ文字よりきれいだと思いますね。

休み時間のがらんとした黒板を彼女は見上げる。講師が布の黒板消しで軽く拭いたあとも、白いチョークで書いたギリシャ文字が部分的にぽつぽつ残っている。文の三分の一ぐらいが完全に読み取れるところもある。太い筆でわざわざ形作ったように、白くかすれた渦巻きが残ったところもある。

彼女はまた教材に向かってうつむく。深く息を吸い込む。息の音がはっきりと聞こえる。言葉を失ったあと、ときに彼女は、自分が吸い込んだり吐き出したりする息は言葉に似ていると感じた。まるで声のように大胆に、沈黙をかき乱すのだ。

母の最期の瞬間にも彼女は似たようなことを感じた。意識不明の母がひとしきり熱っぽい息を吐き出すと、沈黙が一歩後ずさりする。母が息を吸い込むと、ぞっとするほど冷たい沈黙が叫びを上げながら母の体に吸い込まれていった。

彼女は鉛筆を握る。ちょっと前まで読んでいた文章を眺める。この文字の一つひとつに小さな穴を一つずつあけることもできるだろう。鉛筆の芯を突き刺し、長く引っ張って裂けば、一つの単語、いや一つの文章にまるごと穴をあけることもできるだろう。手ざわりの粗いグレーの再生紙の上に突き出た黒い小さな文字たち。虫のように背を丸めたり、ぴんと伸びたりしているアクセントを彼女はじっと見つめる。足を踏み入れがたい、陰になった場所。もはや若くないプラトンが苦心して書いた文章。手で口を覆った人の、はっきりしない声。

彼女はさらに力をこめて鉛筆を握る。注意深く息を吐き出す。その文章にこめられた感情が、チョークの跡のように、凝固した血のしみのように立ち現れることに、耐えている。

*

彼女の肉体には、長い間言葉を失っていることが如実に現れていた。彼女の体は実際より固そうに、また重そうに見える。歩き方、手足の動き、顔と肩の丸みを帯びた細長いりんかく。それらのすべてが確固とした境界線を持っている。何一つ外部へ漏れ出さず、何一つ内部に沁み込んでこない。

もともと鏡をよく見る方ではなかったが、今や彼女はその必要をまったく感じない。一人の人間が一生の間に最も多く想像し、目の前に思い浮かべるのは自分の顔だろう。もはや自分の顔を思い浮かべることがなくなると、次第に彼女はそれを実感できなくなっていった。ガラス窓や鏡に偶然映った自分の顔に向かうとき、彼女は自分の目をじっと見つめた。二つのはっきりした瞳だけが、自分とその見慣れぬ顔とを結んでくれる通路だと感じる。

ときどき彼女は、自分は人間というより何らかの物質だと、動く固体か液体だと感じる。あたたかい飯を食べるとき、彼女は自分を飯だと感じる。冷たい水で顔を洗うとき、彼女は自分を水だと感じる。同時に、自分は決して飯でなく水でなく、どんな存在ともついに混ざらない苛烈な、固い物質だと感じる。彼女が全力を尽くして沈黙の氷の中から救い出し、のぞき込むことができたのは、今週一晩を共に過ごすことが許されている子どもの顔と、鉛筆を握ってギュッギュッと書きつける、もはや生命の絶えた古典ギリシャ語の単語だけだった。

γῇ ἔκειτο γυνή.
一人の女が地面に寝ている。

彼女は、べとつく汗がしみた鉛筆を下に置く。こめかみにたまった汗のしずくを手のひらで拭きとる。

*

ママ、九月から僕、ここに来ちゃいけないんだって。

この前の土曜日の夜、声にならない驚きで彼女は子どもの顔を見つめた。二週間の間に子どもの背はまた伸びた。伸びた分だけやせた。まつ毛が長い影を作り、ペンで描いた精密画のような斜線を落としているのが、白くやわらかい頰の上にはっきりと見えた。

僕、そこ行くの嫌だな。英語に自信ないし。そこにいるおばさんの顔も知らないし。一年もいなくちゃいけないんだって。やっと友だちができたのに、こんなにすぐにさ。

さっきお風呂に入れてベッドで一緒に横になっていた子どもの髪の毛から、りんごの匂いのようなせっけんの香りが漂った。子どもの丸い目の中に彼女の顔が映っているのが見える。

映っている彼女の目の中にまた子どもの顔が映り、その顔の中の目にはまた彼女の顔が……そうやって際限なく映っている。

ママからパパに頼んでくれない？　お話できないならお手紙書けば？　僕、またここに来て住んじゃいけない？

子どもがだだをこね、壁の方に顔を向けると、彼女は黙って手をさしのべ、自分の方へ向かせた。

だめ？　そうしたらいけない？　だめなの？

また頭を壁の方へ向けて子どもが言った。

……電気、消して。こんなに明るいと寝られない。

彼女は立ち上がって電気を消した。

一階の窓から街灯の光が漏れ入り、しばらくして子どものすべてが闇の中にくっきりと現れた。子どもは額のまん中をしかめていた。彼女は手をさしのべてそこをくつろげてやった。また、しかめた。息もたてずに、子どもはぎゅっと目をつぶっていた。


六月の深夜の暗闇には瑞々しい草の匂いと、樹液の匂い、腐っていく生ごみの臭いが混ざり合っている。子どもを送っていったあと、女はバスに乗らずに二時間近くソウルの中心部を歩いて通過し、帰宅した。ある通りは昼間のように明るく、煤煙で息が詰まり、音楽がけたたましく鳴り、ある通りは真っ暗で古ぼけ、捨てられた猫たちがゴミ袋を噛みちぎり引き裂きながら彼女をにらんだ。

彼女は脚が痛くなかった。疲れもしなかった。エレベーターの前の青白い照明の下で、これから入っていって寝ることになっている玄関のドアをにらみつけて立っていた。そして背を向けると、マンションを抜けて出ていった。生命あるすべてのものが傷んでいく夏の夜の匂いの中を、だんだん足を速めて歩いていった。管理事務所の前の公衆電話ボックスに飛び込んだ。手当たり次第にズボンのポケットを探って小銭を取り出した。

もしもし。

声がした。

彼女は口を開いた。息を吐いた。吸い込んで、また吐いた。

もしもし。

また声がした。

わなわなと震える手で、彼女は受話器を握った。

なんであの子を連れていくのよ。なんでそんな遠くに、そんなに長く。ひどい奴。血も涙もないのね。

痙攣する指で受話器を置くまで、彼女の歯はカチカチとぶつかって震えた。自分の頬を打とうとするように荒っぽく顔をこすった。人中を、あごを、誰もふさがない唇をこすった。

＊

言葉を失ってから初めて、その夜、彼女は鏡の中の自分をまじまじと見た。これは自分ではないと、言葉を用いずにそう思った。こんなに穏やかな目をしているはずがない。そこから血、膿、汚い氷などが流れ出ていたならむしろ驚かなかっただろう。彼女の目の中に沈黙する彼女が映り、映っている彼女の目の中にまた沈黙する彼女が……そのようにして際限なく沈黙していた。

ずっと前に沸騰していた憎悪は沸騰したままそこにとどまり、ずっと前にふくれ上がっていた苦痛はふくれ上がったまま、もはや水疱がはじけて破れることはなかった。

何一つ癒えていなかった。

何一つ終わっていなかった。

＊

さっきまで話をしていた中年男性と大学院生がいつのまに廊下に出たのか、缶コーヒーを一本ずつ持って入ってくる。中年男性は自分の席に戻っていく間、携帯でずっと誰かと話していた。

……だから、できる連中に合わせるんじゃなくてできない人に合わせるんだよ。できる者だけついてこいっていうなら、何のために社員教育やるんだよ。追加補習だなんて、何言ってんだ。うちは大企業か？　明日、その講師と電話で話せるようにしといてくれ。

大学院生が中年男性に目であいさつして自分の席に座る。ウウウと低い声を出して伸びをしている。頭を前、後ろ、左右にカクカクと曲げる。十分間の休憩時間はもう過ぎた。時間に正確なギリシャ語講師が今日にかぎって遅れている。突然、静寂が流れる。

彼女は相変わらず身動きもせず机の前に座っている。ずっと同じ姿勢で座っていたせいで腰と首と肩がだるい。彼女はノートを広げる。前の時間に書き写した文章を熱心に見ている。文章の間の余白に単語が書き入れてある。面倒な時制、名詞の格変化、複雑な態の用法などに根気よく取り組んで、不完全で単純な文章を作ったのだ。彼女は唇と舌がひとりでに上下するのを待っている。最初の音がいきなり漏れ出すときを待っている。

γῆ ἔκειτο γυνή.
一人の女が地面に寝ている。

χιὼν ἐπὶ τῇ δειρῇ.
のどに雪。

ῥύπος ἐπὶ τῷ βλέφαρῳ.
まぶたに泥。

それ、何ですか?
彼女と同じ列に座っていた哲学科の学生が急に尋ねる。前の時間の例文、γῆ ἔκειτο γυνή「一人の女が地面に寝ている」に彼女が続けてぽつりぽつりと書きとめた、ギリシャ語の文章でノートが埋まっているのを指さした。彼女は困惑しない。あわててノートを閉じたりしない。

氷の内部をのぞき込むようにして、全力で青年の目を見つめる。

子どもの告白によって生まれた新たな苦痛は、日々、凍りついた沈黙の表面に無数の血痕を残していったが、亀裂を入れるには至らなかった。彼女は歯磨きに時間をかけすぎたり、冷蔵庫のドアを開けたままで立ち尽くしていたり、停まっている車のバンパーに脚をぶつけたり、お店の棚に陳列されたものに不注意に肩を触れて落としたりした。寒い一重のふとんの中で目を閉じるたび、雪の降る街が、道行く見知らぬ人々が、見慣れない服を着た子どもが、彼女なのか彼女の子どもか区別できない白っぽい顔が待っていた。

言葉によって開かれる通路がさらに深いところへ沈潜してしまったことを、このまま行けば永遠に子どもを失うだろうことを、彼女は知っていた。知れば知るほど、通路はさらなる深みへと下りていく。切実に願えば願うほど反対のことをやる神がいるかのようだった。声を出して呻くことができないので、彼女の沈黙はさらに静かだった。その目からは、血も膿も流れてこなかった。

＊

詩ですか？　ギリシャ語で書いた詩？

窓ぎわに座っていた大学院生が好奇心を浮かべた顔で彼女の方を振り向くと、開けてあった前のドアからギリシャ語講師が入ってきて立ち止まった。

先生！

額のにきびが赤くなっている大学生が、いたずらっぽく笑う。

この方が、ギリシャ語で詩を書きましたよ。

柱の後ろに座っていた中年男性が彼女の方を振り向き、賞賛の混じった笑い声を上げる。その声に驚いた彼女はノートを閉じる。ギリシャ語講師が自分に近づいてくるのを、ぼんやりと見守っている。

……ほんとですか？　ちょっと見せてもらってもいいですか？

外国語を解読するかのように全力を尽くして、彼女は彼の言葉に耳を傾ける。薄い緑色が入った、目が回ってしまうほど厚いめがねのレンズを見上げる。すぐに状況を悟り、分厚い教材とノート、辞書とペンケースをバッグに入れる。

いいえ、座って下さい。見せて下さらなくていいんです。

彼女は立ち上がる。バッグを肩にかけ、あいた椅子を順に押しのけてドアへ向かって歩いていく。

＊

階段に通じる非常口の前で、誰かが後ろから女の腕をつかむ。

彼女は驚いて振り返る。ギリシャ語講師をこんなに近くで見るのは初めてだ。教壇に立っていないときの彼は思ったより背が低く、急に、異様なほど顔が老けて見える。

不愉快な思いをさせるつもりはなかったんです。

激しく息をしながら彼は、彼女にさらに近づいて尋ねた。

……もしかして、私の言うことが聞こえていませんか？

彼は突然両手を上げて、手話で何かを伝えようとする。同じ動作をくり返しては、それを解釈するように、何度もたどたどしく言う。

ごめんなさい。謝りたくてここまでついてきたんです。

彼女は彼の顔をじっと見つめる。彼が息を吸い込み、あきらめずに必死で両手を動かしているのを、見る。

話さなくていいのです。答えてくれなくてかまいません。ほんとうにごめんなさい。お詫びを言いたくてここまでついてきたんです。

＊

高速道路の防音壁の隣に、一車線の一方通行路が長く延びている。その脇の歩道を彼女は歩いていく。あまり人通りがないので、市の手入れが行き届いていない。割れた敷石のすきまから根気強く草が生い茂って伸びていく。塀代わりにマンションのぐるりに植えられたアカシアの密生した樹が、黒く太い腕のような枝をお互いに向かって力いっぱい投げかけている。湿った夜の空気に充満した草の匂いと排気ガスが混ざり合って、むかむかするようだ。数千個もの鋭いスケート靴の刃を思わせるエンジン音が、ごく近いところで彼女の鼓膜をかすめて通る。足元のくさむらできりぎりすがゆっくりと鳴いている。

奇妙だ。

いつか、これとまったく同じような夜を体験したことがある。

同じような羞恥と当惑を感じながら、この道を歩いたような気がする。

そのとき彼女には言葉があったから、感情はもっと明確で強かったのだろう。

けれども今、彼女の中には言葉がない。

単語も文章もまるで霊魂のように彼女の体から抜け出して、見えたり、聞こえたりするくらい近くを漂っている。

その距離のおかげで、充分に強くない感情はまるで接着力の弱いテープの切れ端のように、すぐに落ちてしまう。

彼女はただ、見るだけだ。見て、そして見たものの一切を言語に翻訳しない。さまざまなものごとの形が次々と目に宿り、彼女が歩くスピードに従って動き、また消える。それらは消え、ついにどんな言葉にも翻訳されない。

＊

ずっと前のこんな夏の晩、彼女は道を歩いていて一人笑ったことがある。

面長にふくらんだ十三日めの月を見て笑った。

誰かのふくれっ面に似ていると思ったのだ。ぽこんとへこんだ噴火口を、失望を隠した目のようだと思って笑った。

彼女の中にあった言葉がまず作り笑いを破裂させ、それが顔に広がったのだった。

夏至を過ぎてまもなく訪れた暑さが、こんなふうに闇の後ろにおずおずと退くようだったあの夜。

さほど昔ではないが、ずっと前の晩。

彼女は子どもを前に立たせて、大きな冷たいすいかを両手に抱えて歩いていたことがあった。

声は優しく最小限の空間に流れ出て広がっていった。

唇に、噛んだ跡はなかった。

目に、血がにじんだ跡はなかった。

8

χαλεπὰ τὰ καλά.
カレパ・タ・カラ。

美しいものは美しい。
美しいものは厳しい。
美しいものは高潔だ。

この三つの翻訳ともすべて間違いでないのは、古代ギリシャ人にとって美しさと厳しさと高潔さがまだ別々の概念ではなかったからである。母国語の「光」が最初から、明度と色彩という二つの意味を持っていたのと同じように。

ドイツを離れてソウルへ戻ったあと、初めて迎えた釈迦誕生日だった。ずっと前に母と妹と一緒に行った水踰里の寺を、一人でまた訪ねた。ドイツに発つ前、寺に上る道の両側にはじゃがいも畑が広がっていたが、畑は今、セメントで完全に覆われ、似たような高さの低層マンションが立ち並んでいた。山門をくぐってようやく、歳月の流れに逆らってたたずむ寺の姿を見ることができた。境内に新築された建物はなく、塔と鐘楼はむしろあのときより小さくなったようだった。僕が大人になったせいで、いろいろなものが小さく感じられるのだった。

そのときはまだ夜でも自由に動けたから、僕は境内をそぞろ歩きして暗くなるのを待った。年配の、信仰の篤い信徒たちがもうこの世を去ったからなのか、提灯の数は減っていた。しかし美しさだけは変わっていなかった。いや、何もわかっていなかったあのころにくらべてもっと美しく感じられた。小さいときに見た燃灯会が驚きでいっぱいだったとすれば、こんどのはどこか、胸に染み入るようなものがあった。

とうとう日が沈み、風が吹くたび赤や白の提灯の内側で灯が揺れてきらめくさまを見守りながら、僕は本堂の板の間に座っていた。美しさと静けさが別ものではなく一つの単語だったということ、同様に明るさと色も一体であることを、あのときほど生々しく実感したことはない。本堂が門を閉じる十一時が近づいてようやく、僕は立ち上がった。

そのとき突然、妙な思いが浮かんだ。山門の方へ歩きながら「家に帰ろう」と意味もなくつぶやいたときだ。バス停がある大通りの方まで行くには三十分歩かなければならず、そこから僕の住むところまでは一時間近くバスに乗らなければならない。そのバスが、永遠に着かないように思えたのだ。どんなにバスと地下鉄を乗り換えても帰り道がわからないような気がした。その生々しい夜の外側へ抜け出すことはできないように思えた。

その感じは覚えのないものではなかった。ドイツで暮らしはじめた十代のころから、何度となくくり返し見てきた夢の内容がまさにそれだった。夢の中の時間は夕暮れどきで、車窓の外の通りの看板は、母国語でもドイツ語でもない、よそよそしい文字で書かれていた。夢の中の僕は乗り間違えたバスからすぐに降りたいのだが、降りたとしてもどれに乗り換えればいいのか、どこを渡って停留所に行けばいいのかわからなかった。それよりも大きな問題は、いったい最初の目的地がどこだったのか思い出せないことだ。刻々と暗くなっていく通りを凝視しながら、後部座席にただ座っている以外僕にできることはなかった。

あの夢から覚めるたびに感じた名状しがたい気持ち、怖いほどよく知っているあの感情を抑えて僕は歩みを進めた。夜気はかなり冷たかった。頭上に幾重にも重なっている赤い提灯は、まだ完全な美しさと静けさに包まれたまま、音もなく揺れていた。

世界は幻で、生きるは夢だ。と、だしぬけにつぶやいてみた。
だが、血は流れ、涙は湧いてくるのに。

9 薄闇

夜明けの薄明かりの中を歩いてみたことあるかい。
人の体がどんなにあたたかく、弱々しいものかを実感しながら、冷たい空気の中に足を踏み出す夜明け。すべてのものの体から薄青い光が沁み出していて、今しがた眠気が洗い流されたばかりの二つの目に、奇跡のように沁み込んでくる夜明け。

クリーク通りの端のアパートの二階に僕らが住んでいたころ、夜が明けるといつもそんなふうに一人で路地を歩いたものだった。空気の青みが引いたころに家に戻ると、父さん母さんもおまえもまだ眠っていたよ。外よりも暗い室内を明るくするために僕は天井のライトをつけ、清潔な空気を感じながら冷蔵庫を探った。くるみを何個か取り出して食べながら、爪先立ってそうっと自分の部屋に戻ったりしたっけ。

そんなことはもう、今の僕にはすべて不可能になった。僕が思い通りに動けるのは、充分に明るい時間、明るい場所でだけだ。ただ想像するだけなんだ、明け方、今住んでいる家を出て、車も人もほとんど通らない薄暗い通りを抜けて、ずっと昔僕らが住んでいた水踰里の家に着くまで、ずんずん歩き続けていく僕の体を。

水踰里の家、憶えているかい。

部屋が四つもあって、当時としてはかなり広い方だったが、すきま風がひどかったから冬を過ごすには不向きなマンションだったね。東向きだからなおさら寒いって母さんが不平を言っていたけど、僕はその方が好きだった。明け方に起きてリビングに出ると、どの家具にも青い布がかけてあるみたいだったよ。薄青い糸がちょっとの間もなく吐き出されて、ひんやりとした空気をいっぱいに満たしていくような光景を、寝間着のまま、魂が抜けたように眺めながら立っていたものだ。あの光景がうっとりするほど幻めいていたのは、いくぶんかは視力のせいだったと、そのときはまだわかっていなかった。

ピピって名前をつけたあのひよこのこと、憶えているかい。

校門の前で紙袋に入れて売っていた、あのぬくぬくした子を僕が買ってきたとき、まだ学校に上がっていなかったおまえは嬉しすぎて顔を真っ赤にしていたよね。あの子を飼ってもいいってお母さんからお許しが出たのは、ただもうおまえが強情っぱりだったおかげだよ。

だけど二か月もしないうちに、僕らは木ぎれを折って交差させたのを木綿糸でぐるぐる縛って、十字架をこしらえたよな。あのときまで僕らは先祖の墓地の台石も碑石も見たことがなかったから、西洋の童話の本で見た通りに真似したんだ。

マンションの共用の花壇の土はかちかちに凍りついていた。夜通し泣いて目が腫れたおまえは、匙で土を掘るのを途中でやめて、手が冷たい、と言った。僕が握りしめていた匙は土の固さに負けてもう曲がっており、白い布巾に包んだひよこは、じっと動かないままだった。


実はあそこに行ってみたんだ、こっちへ戻ってきて迎えた最初の冬にね。

マンションは取り壊されていて、もうなかったな。代わりに、もう二階分高い新築のテナントビルが並んでいた。花壇のあった場所には駐車位置を示す白い線が引いてあって、車二台とバンと小型トラックが並んで停まっていた。僕はフロントガラスとサイドミラーいっぱいに霜が降りたそれらの車を眺め、自分の口から吐き出される白い息を見て、それからふっと、思ったんだ。

どうなったのだろう、あの小さい骨は、って。

ラン。

手紙とCD、受け取った。

受け取った日の夜すぐに返事を書いたんだが、書いてみると気に入らなくて、こうやって書き直している。何でだかこのごろは、どんな文章でも書いたそばから生気のない、食傷するようなものになってしまってね。

＊

ともかく、おまえが手紙で心配してくれたのとは反対に、僕は元気で過ごしているよ。

信頼できる医師に定期的に診察を受け、決まった時間に食事を作って食べている。朝は三十分ほど体操して、午後はかなり長いこと街路を散歩しているよ。

ほんとのところ、健康が心配なのはおまえの方だよ。おまえは胸に火を抱いてるような人間だものな。どんなことでも没頭すると自分のことが後回しになって、最後まで突っ走って、しまいには病気になってしまうだろ。

女の子みたいな兄と男の子みたいな妹。親戚はいつも、僕らをそんなふうにくらべていたよな。おまえはそれを死ぬほど嫌がってたね。お兄ちゃんみたいに引き出しを整頓しなさい、お兄ちゃんみたいに明日の教科書はちゃんと揃えてかばんに入れておきなさい、お兄ちゃんみたいに字をきれいに書きなさい、大人の人に会うときにはお兄ちゃんみたいにうやうやしく見上げるものよなんていう言葉を。おまえは汽車の煙突みたいな声でお母さんに向かって叫んでいたっけ。もう、ほんとに、やめてよ。頭に血がのぼって、死にそう。冷蔵庫に飛び込んじゃいたい、って。

今もそうなのかい、ラン。

冷蔵庫に飛び込みたくなるぐらい、腹の立つことあるかい。

練習が忙しいからって、学生時代みたいに朝晩ミューズリーですませたりしてないかい。

気が合わないっていう合唱団長とはうまくいってるのかな。

お母さんにはその後、電話したか。

膝の調子はどうなんだろう。

一人で、元気に暮らしているだろうか。

お母さんとおまえが二人して心配してくれたカルチャースクールの仕事は、今も変わらず特段の問題なくやっているよ。僕が無一文になるんじゃないか、でもプライドのせいで誰にも言えないんじゃないかとお母さんは気をもんでいるのだろうね。しばらく前にラテン語の初級クラスがもう一つ開講されたから、今は週に四コマの講義をやっているとお母さんに伝えてくれ。クラスは増えたけど受講生数が少ないからちっとも大変ではないし、もうかなり年配で教養のある人たちが相手だから、教えていておもしろいんだ。こっちに来た最初の二、三年、東洋の古典を読んでわからなかったところを聞いたりしているうちに、へだてなく親しくなった受講生もいるって――そういえばあの人たちと連絡をとらなくなってもうかなりになるな――。白状すると、受講生たちを見ていて急にうらやましくなるときがある。僕らみたいに人生と言語と文化が真っ二つに割れてしまったことのない人たちだけが持っている、確固たるものに対してね。

ラン。

実は最近、ある風変わりな受講生のことが気になって、注意して見ているんだ。

少人数を相手に授業をしていると、目つきだけ見てもその人が何に関心を持っているか感じ取れるんだけど、その人は最初からどんなテキストにも関心がなかったんだ。ギリシャ哲学にも文学作品にも、ときどき引用する新約聖書にも。だからって怠慢なわけではなくて、むしろ一度も欠席したことがない。言語自体への興味というか——文法や特殊な表現に注意を傾けていることは感じられる。

だけどそれよりも変わっているのは、その人が絶対にしゃべりも、笑いもしないことだ。授業中に指名しても答えないし、休み時間にも誰とも会話しない。初めは、単に内気な性格の女性なのかなと思っていたんだが、半年過ぎても一度も口を開いたことがないのに気づいて、変だなと思ったんだ。

あるとき、休み時間が終わって教室に戻ってくるとある受講生が僕に言った、あの人がギリシャ語で詩を書いたって。僕は好奇心にかられて、見せてくれと言ったんだが、彼女は僕の顔をじーっと見上げていたと思ったら、立ち上がって教室を出てってしまったんだ。

耳も聞こえないし、話もできない人なんだと思ってハッとしたのがそのときだ。今まで、唇の動きを読み取ってようやく講義についてきたのだろうと。それで冗談や質問には反応できなかったのだろうと。

僕は急いで廊下に走り出た。ちょうど真っ暗な非常階段を下りようとしていたその人の腕をつかんだ。その人が明るい照明の下から抜け出してしまったら、もう僕には見えなくなってしまうのだから。僕は言葉と手話で同時に、すまないと言ったよ。声を出せないのですか、知りませんでしたと。不愉快な思いをさせるつもりは決してなかったのだと。それがドイツ語の手話だということにも、韓国語の手話とは当然違っているということにもすぐに気づいたんだが、他のやり方を思いつかなかったんだ。

何の反応も見せないままその人はじっと僕を見つめていたよ。そのとき僕が感じた異様な絶望をおまえに説明できるかどうか。彼女の沈黙にはどこか怖い、ぞっとするようなところがあったんだ。ずっと前、死んだピピの体を白い布巾で包んで持ち上げたとき……僕らが凍りついた匙で掘った小さな穴の中をのぞき込んだときに感じた静寂のようなもの。

想像できるかい。

生きた人間の中に、あれと同じような沈黙を感じたのは初めてだった。

*

ラン。

この前送ってくれた手紙とCD、受け取ったよ。

返事が遅れた。

このごろ、文がうまく書けないんだ。

心配するほどのことじゃないよ。

お母さんがいつも望んでいたように、本を読む時間も減らしたしね。

手持ち無沙汰にじっと座っていたり、明るい通りを散歩したりする時間が増えてみると、たとえ短い文でも、ペンをとって書き終えることがいつのまにかおもしろく思えなくなってしまったのかもしれない。

代わりにおまえのCDを毎日聴いているんだよ。

和音の中のソプラノパートに耳を傾けて、一瞬、ランの声だ、と思うことがある。


そっちは今ごろ黄昏どきだろうな。

まだあたりは明るくて、商店に一つ二つ明かりがともるころだろう。通行人が気ぜわしくその前を歩いているんだろうね。路面電車の停留所には帰宅する人たちがごった返していて、電車に乗ろうとする人たちは急ぎ足でホームレスたちを追い越して階段を下りていくだろう。


こっちは今、深夜だ。

窓を開け放しておいて、ボリュームを落としておまえのCDを聴き、ときどき合わせて鼻歌を歌いながらこの手紙を書いている。

こっちの夏の夜のこと、憶えているかい。

昼間の暑さを挽回するような、ひんやりとして湿った空気。
たっぷりとぶちまけたような暗闇。
草の匂い、広葉樹の樹液の匂いが濃厚に漂う路地。
明け方まで聞こえている車のエンジン音。
裏山に続く真っ暗な雑草のしげみで一晩中鳴いている虫たち。
その中におまえの歌が流れ出ていくんだ。

今なら、白状してもいいと思う。
おまえの歌の練習がうるさいとこぼしたこともあるし、熱血な性格らしく長時間の訓練に耐えたおまえの声量は僕を身動きもできないほど追いつめたけれど、そしてたぶんおまえには想像もつかなかったろうけれど、ソウルより寒いフランクフルトで迎えたドイツで初めての冬、なじめない教室と言葉と人々に疲れて帰ってきた僕が、アパートの敷居のところから漏れてくるおまえの歌声を聴きながら壁にもたれていたことを。あの声がどんなふうに、僕を慰めてくれたかを。

家賃の安いマインツへ引っ越した翌年、思春期に入ったばかりのおまえが僕に言ったことを思い出す。アジア人相手の食料品店を開いたお母さんは遅くまで帰ってこなくて、寂しい食卓で、ひどくまずいミューズリーを分け合って食べた夜。うつむいておまえはつぶやいた。あたしの体はひどく出来の悪い楽器なの。こんど歌わなくちゃいけない歌と自分の間に、静寂があって。それがまるで崖っぷちみたいで、すごく怖いと思うことがあるの。

こごえて赤くなった手を見て冷たいと言った五歳の幼女のときと同じ顔で、何もわからなくなっちゃったというようにおまえは僕をぼんやりと見ていた。そのとき思ったよ、おまえには自分の声が慰めにはならなくなったんだなって。であれば、何がおまえを癒やしてやれるのだろうと。おそらく僕は絶望していたのだと思う。

おまえも、そんな絶望を僕に感じたのかな。

僕が仁川《インチョン》行きのエアチケットを買ったとお母さんから聞いて、おまえは公演のリハーサルを控えていたのに夜行列車で駆けつけたね。コートの襟が片方、肩の方に折れ込んでいて、冷たい空気で声帯を傷めないように、白と薄緑色と薄黄色のスカーフを女神みたいに重ねて巻いて、お兄ちゃんのこと理解できないって、言ったな。お兄ちゃんは私たちを愛してると思ってたのに、って。

ときどき考える。

血肉とは何ておかしなものだろうって。

何て奇妙な悲しみを連れてくるんだろうって。

あんなにやわらかくて壊れやすかった僕らが地球の反対側に移動していったとき、僕らは一つのかごに収まった二つの卵、同じ粘土からこしらえた二つの陶磁器の球だった。おまえのしかめっ面、おまえの泣き顔、けらけら笑う笑顔に翻弄されて僕の幼年時代にはひびが入り、割れ、それをやっとのことでかき集めてようやくくっつけて僕は過ごしていたんだよ。

僕らが小さいときやっていた遊びを思い出して、ひとりでに笑ってしまうことがある。次から次へと互いに新しいあだ名のつけっこして、からかう遊び。おまえをおんぶして歩きながら、歌うみたいにしてやりとりした会話。どーこまーで、来ーたのー、てーりゅーじょに、来ーたよー。どーこまーで、来ーたのー、まーだまーだ、とおいよー。僕がおまえより強くて、おまえの面倒を見てやることができた短い時間。

段ボール箱で作ったピピの家に、おまえが色紙を切り抜いていくつもいくつも貼りつけていた姿。

夜から朝まで、ぴいぴい鳴いて死んでいったピピと、それを見守って夜通し泣いて精魂つきたおまえとを代わる代わるにらんだあと、パジャマ姿のお父さんが怒鳴ったこと。

すぐに捨ててこい！

わんわん泣きながら、おまえは小さなげんこつでお父さんのおなかをぶったね。歯でお父さんの太ももに噛みついただろ。


ラン。

たまにはお父さんのこと、考えるかい。

彼はおまえのことを愛していたから——よくおまえと手をつないで動物園やプレイパーク、カフェなんかに行ったりしていたから——僕にはない思い出が、おまえにはいっぱい残っているんじゃないか。


彼は僕を好きじゃなかった。僕とおまえを比べていた大勢のよその人たちと同じようなことを、お母さんに言っていたよ。女の子みたいにおとなしい、勉強しか知らない、融通のきかない息子だって。ランみたいに元気で率直な男の子、本物の男になれる息子が欲しかったって。だけど僕は知っていたんだ。彼がほんとに嫌ったのは僕の気質ではなく、僕の目だったってことを。彼は僕と目を合わせようとしなかった。何かの拍子に目が合うと、ゆっくりと落ち着いて目をそらした。冷たい人——組織の階段をあっというまに上りつめ、若くして幹部になった人。ドイツ支社の責任者の辞令を受けてから一年めに、自分で辞表を出した人。誰にも居場所を知らせず、急に消えた人。六か月めに突然帰ってきたとき彼はすぐにでも眼科手術を受けなくてはならなくて、手術は失敗し、僕らと一緒にマインツに移ってからは、最後の瞬間までマンションの奥の部屋から出てこなかった。

おまえには話してくれたのかな。
あの半年間、彼がどこに身をひそめていたのかを。
どんな街の黄昏の中で、僕みたいにじっと待ったあげく帰ってきたのかを。
哀れみも愛情の名残りもまじえずに、彼に聞いてみたいんだ。
その短い時間に何を見、聞いたのかを。
こんな黄昏がほんとうに、完全な闇につながっていくのかどうかを。

彼がまだ生きていたとき僕がそう尋ねたら、あの冷たい人は僕を鼻で笑っただろうか。もう必要がなくなっためがねをはずして、見栄えのする眉毛の下に開いた空虚な目で、黙って僕がいる方を見つめただろうか。

ランに会いたい。

いじっぱりで、汽車の煙突みたいなラン。

僕の目が完全に見えなくなったとしても、知恵者にはなれそうにもないということをおまえはよく知っているだろ。心眼なんてものを決して持てそうにない人間だってこと。たくさんの混乱した思い出や敏感すぎる感情の中で、道を見失ってしまうだろうってこと。生まれ持った愚かさの中で、待っているということ。何を待っているのかもわからないまま、ただ、根気強く。

今、僕はおまえのCDを聴き終わり、
夜はさっきよりも深々と更けた。
おまえの声が静けさの中に沁みわたって
この静寂がなぜだかあたたかく感じられる。

夜が明けるまでにあと三時間ある。

それまでに少しでも目をつぶらなくては。

スタンドを消せば暗闇がやってくるだろう。

目を閉じても開けてもほとんど変わらない、墨よりも濃い、僕の目の中の夜が。

でも、信じてくれるかい。僕が毎晩絶望せずに明かりを消しているということを。

夜明け前に目を開けなくてはならないから。

おぼつかない手でカーテンを開け、ガラス窓を開け、網戸越しに薄暗い空を見るのだから。

ただ想像の中でだけだけれど、薄いジャンパーをひっかけて僕はドアの外へ歩き出す。真っ暗な舗道のブロックを一歩一歩踏みしめて出ていくんだ。暗闇の布が薄青い糸にほどけて僕の体に、この街にからみつき、包んでくれる光景を見る。めがねを拭いてかけ、両目を見開いて、その短い青い光に顔を浸すんだ。

信じてくれるかい。そう思うだけで、僕の胸は高鳴るってことを。

10

παθεῖν

μαθεῖν

「受難する、災難を体験する」という意味の動詞と「学んで悟る」という意味の動詞です。非常によく似ていますね？　つまりここでソクラテスは一種の言葉遊びによって、二つの行為は似ているのだと述べているのです。

　彼女は気づかないうちに肘で押さえつけていた六角形の鉛筆を引っ張り出す。ひりひりする肘を一度撫でたあと、黒板に書かれた二つの単語をノートに書き写す。まずギリシャ語のアルファベットで単語を書くが、その横に母国語で意味を書くことは結局できないままだ。その代わり、左の拳で眠くもない目をこする。ギリシャ語講師の青白い顔を見上げる。彼の手が握りしめているチョークを、白っぽく乾いた血痕のような母国語の文字が鮮明に黒板に刻まれているのを、見る。

ですが、これらの単語がそっくりなのを単純に言葉遊びと見ることはできません。実際、ソクラテスに何かを学び、悟ることは文字通り受難を意味しましたから。ソクラテス自身が生前にそう考えていなかったとしても、少なくとも彼を見守ってきた若いプラトンにはそう見えたでしょう。

柱の横に座った中年男性が、冷めた自販機のコーヒーをすすっている。退勤後すぐに来ようとすると夕食がとれないという彼の提案によって、先週から授業が八時始まりに変更されたのだが、満腹のためか眠そうな顔だ。哲学科の学生は学期が終わって実家に帰ったのか、先週から休んでおり、大学院生は相変わらず緊張した顔で唇を軽く動かしてギリシャ語の単語を声を出さずに発音している。彼は、医学史の修士論文が通ったらイギリスに行って、ギリシャ医学の勉強をする計画だと、哲学科の学生に話したことがある。そのためには、医学史専攻者への奨学金と滞在費を支給する製薬会社の審査を通過しなくてはならないとも言っていた。いつだったか、びっしりとアンダーラインを引いたガレノスの原書を持ってきて、解剖学に関する部分の解読をギリシャ語講師に頼み、講師を困らせたこともある。原書解釈の難しさを訴える彼に、講師は笑みを含んだ顔で言った。ヨーロッパ人だってみんな古典ギリシャ語には歯が立ちません。韓国の若い人たちに漢文の古典を読解しろと言ってもできないようにね。あんまりこっちで完璧にやろうとしなくてもいいと思いますよ。

……ある日突然、自分がアテネで最も知恵ある者だというデルフォイ神殿の神託を受けて、とばっちりとしか言いようのない彼の人生の後半部が始まりました。市場の入り口に、乞食のように、論争屋のように、にせ司祭のように立ちはだかって、彼は知らないと言い続けました。私が知っていることは何もないと。誰でもよい、お願いだから私に知恵を授けてくれと。一切の師なくして学ばねばならない時間、今や誰もがその結末を知っている受難の時間が彼の残された生を形作っていたのです。

彼女はまだ、ギリシャ語講師の青白い顔を見上げている。黒板に書かれた母国語の単語たちは、彼女の右の拳の内側で、汗で湿った六角形の鉛筆の滑りやすい表面で、音もたてずにすりつぶされていく。彼女はその単語を知っていると同時に知らない。嘔吐が彼女を待っている。

その単語たちと関係を結ぶことができると同時に、できない。それを書くことができると同時に、書けない。彼女はうつむく。用心深く息を吐き出す。吸い込みたくない。と思いつつ、深く吸い込む。

11 夜

彼女が借りている家は暗い。

マンションの一階で、さらにリビングの前に立ち木が並んでいるからだ。背の高い樹木の根元が見えるのがいいと思ってここに入ったのだったが、鬱蒼《うっそう》たるその樹木が、真昼でもリビングに影を落とすことまでは考えが及ばなかった。

子どもと一緒に暮らしていたときには、太陽光に近いという三波長の蛍光灯を一日中つけっぱなしにしていたが、今の彼女はその必要を感じない。外の天気もわからない薄暗い部屋で、彼女はほとんどの時間を過ごす。子どもと一緒に使っていたダブルベッドと洋服ダンスとテレビがある部屋にはほとんど入らない。子どものための木の机と本棚を備えた小さな部屋も同じだ。樹木の陰にならないので彼女の家では唯一明るい場所なのだが、子どもが来る日でなければドアを開けない。

母親の喪が開けた直後――まだ子どもと一緒にいて、言葉をなくしていなかったとき――彼女はこれから一年間普段着に着る服を選び、六十センチ幅の衣裳かけにかけた。春秋用の黒い木綿のシャツと半袖ブラウスが一枚ずつ。黒いコットンパンツとジーンズ一本ずつ。黒いタートルネックのセーターと、黒いウールのロングコート。黒い太い糸で編んだマフラーと、チャコールグレーの手袋。

いいわ。これでもう何も買わなくていい。

衣裳かけの前に立って彼女が何気なくつぶやくと、それまでベッドに腰かけて彼女の行動を見守っていた子どもが聞いた。

どうして一年間、黒い服しか着ちゃいけないの。

淡々とした声で彼女は答えた。

明るい気持ちにならないようにだと思うわ。

明るい気持ちになったらいけないの?

申し訳ないもの。

おばあちゃんに? ……でもおばあちゃんは、ママが笑ったら、喜んだのに。

彼女はようやく子どもの方を振り向いて、笑った。

＊

彼女の生活は単純だ。

ワンシーズンに一、二組だけの服をきちんきちんと洗濯して着、最小限の食料品を近所の店で買い、最小限の料理をして食べ、すぐに片づける。これら最低限の家事に費やす以外の昼間の時間は、だいたい、リビングのソファーに身動きもせずに座って、丈高い樹木の分厚い根元と、青々とした枝を眺めている。夜が来る前に家はもう暗くなる。木々のりんかくが黒くなるころ、彼女は玄関のドアを開けて出ていく。薄暗くたれこめていく団地を横切り、青信号がすぐにチカチカしはじめる横断歩道を渡って、歩き続ける。

もっともっと疲れようとして、耐えられないほど疲れようとして彼女は歩くのだ。帰らねばならないあの家の静けさが気にならなくなるまで、黒い樹木と黒いカーテンと黒いソファー、黒いレゴボックスに視線を向ける力が残らなくなるまで歩く。激しい眠気にふらふらになり、入浴もせずふとんをかけもせずにソファーに横になって眠れるようにと歩く。たとえ悪夢を見ても途中覚醒しないように、目覚めたあと再び寝つけず、明け方、陶磁器のように粉々になった思い出を呼び戻し、かき集めようとして根をつめたりしないために、歩く。

ギリシャ語の講義がある木曜日には、もう少し早い時間に荷物を準備して出かける。カルチャースクールよりいくつも前の停留所でバスを降り、道路のアスファルトが吐き出す午後の輻射熱に耐えながら歩く。そのため、影になった建物の中に入ったあともしばらく、彼女の全身はびっしょり汗に濡れている。

あるとき彼女が二階に上がっていくと、前を歩いていくギリシャ語講師が見えた。彼女は自分でも気づかないうちに歩みを止めた。声を出すまいとして息を殺す。すでに気配を感じていた彼が振り向き、笑みを浮かべた。あいさつしようとしてやめたことがわかる、親密さと照れくささとあきらめが混じった笑みだった。すぐに笑いを引っ込めた彼の顔はまじめで、あんなふうに笑ったことを理解してくれるようにと正式に乞うているかのようだった。

その後、階段や廊下で偶然に彼に出会うと、彼は笑みを浮かべる代わりに、あいまいに目であいさつする。前のドアと後ろのドアを開けてそれぞれが空の教室に入るまで、彼らは同じぐらいの歩幅で歩いていく。同じように上体を前にかがめ、肩に大きなバッグをかけて。互いの存在を淡々と意識したまま。

＊

誰かに言葉をかけるときに彼が浮かべてみせる独特の表情がある。謙虚に相手の同意を求める目つきだが、ときおり、謙虚という言葉では説明がつかない微妙な悲しみのようなものが漂うことがある。

ギリシャ語の時間が始まる三十分ほど前、教室に二人だけのときだった。彼女が席に着き、バッグから教材と筆記用具を一つひとつ取り出し、無意識に頭を上げたとき、その視線と目が合った。彼は教卓の横に置いてある自分の椅子から立ち上がり、彼女と少し離れた机まで近づいた。椅子をどけてスペースを作ったあと、通路に向いて座った。彼は両手を上げて宙で軽くそれを組み、ちょっとの間だが、彼女は彼が握手を求めているのかと思った。そうやって両手を組んだ姿勢で彼はしばらく黙っていた。言葉をかけるかどうかもうすぐ決めて教えてあげようというように。いくらも経たないうちに誰かが廊下を歩いてくる足音が聞こえ、彼は立ち上がって教卓の横へ戻っていった。

二人が黙って互いの顔を伺い見るときがある。授業が始まるのを待ちながら。授業が始まったあと。休み時間に、廊下で。事務室の前で。彼女はだんだん彼の顔に慣れる。平凡な顔立ち、表情、体型、姿勢が、ある固有の顔立ち、表情、体型、姿勢になってゆく。しかし彼女はそのことにどんな意味も付与しなかった。その変化について、言葉で考えることをしないからだ。

＊

蒸し暑い七月の夜だ。
黒板の両側の端に設置した扇風機二台が猛烈に回っている。教室の両側の窓は全部、すっかり開け放たれている。

この世界ははかなくて美しいものです、と彼が言う。
しかしこのはかなくて美しい世界ではなく、永遠に存在する美しい世界を望んだのですね、プラトンは。

いつもまじめすぎるほどまじめだった大柄な大学院生が、二十分前からうつらうつらつら居眠りしている。柱の後ろに座った中年男性は、首すじの汗をひたすらハンカチで拭っていたが、ちょっと前、とうとう力尽きたというように机に突っ伏してしまった。起きているのは彼女と、大学生の青年だけだ。回転モードにした扇風機の風が通り過ぎてしまうとすぐに、大学生は韓紙でできた扇子をぱたぱたさせて汗を冷ます。

事実、『国家』は迫真の著述であります。思索自体の迫力ある展開だけでも読者をひきつける力がありますね。論旨を展開していくうち、ときに狭く危うい論点——たとえるなら断崖の突端のようなところにさしかかるたび、プラトンはソクラテスの声を借りて読者に問いかけます。ちゃんとついてきているか？　まるで向こう見ずな登山隊長が後ろを振り向き、隊員の安否確認をするかのようにです。実はそれが危険な自問自答であるということを彼自身も知っており、我々も知っているのです。

薄い緑色のレンズの後ろの淡々としたまなざしで、彼は彼女のくっきりとした目を見つめる。今日は受講生の集中力がいっそう落ちているせいか、彼は十分近く、文法ではなくテキストの内容を読み解いている。いつからか、この講読の性格は古典ギリシャ語と哲学が斜めに交わるようなものになっていた。

この世の美しいものたちを信じながらも美そのものを信じない人は、夢を見ている状態にあるはずだとプラトンは考え、そのことは誰に対しても論証によって説得可能だと考えました。彼の世界ではそのようにすべてのものが逆転します。つまり彼は、自分はむしろすべての夢から覚醒した状態にあると信じていたのです。現実の中にある美しいものを信じる代わりに、美そのものだけを――現実には存在しえない絶対的な美しさだけを――信じている自分を。

＊

講義が終わったあと、バッグを背負って事務室の前を通り過ぎるとき、彼女は彼がおかっぱのバイト生と話しているところを見る。バイト生は熱心に、新しく買ったスマートフォンの機能を彼に説明しているところだ。彼は腰を半分くらいかがめ、スマートフォンにぐっと顔を近づけている。めがねとスマートフォンが今にもぶつかりそうだ。そんな姿勢でいると実際よりももっと体が小柄に見える。バイト生が高い声で早口に言う。

ほら、これは、南極のペンギンの群れが住んでるところに設置したウェブカメラの実況映像ですよ。すっごく暑いときにこれ見るとほんとに涼しそうなんですよ。うん、ここも今、夜なのね……見えます？　ペンギンももう寝ていますね……あ、これですか？　この濃い紫色に見えるところ？　それ海ですよ。白く点々と見えてるのが氷でしょう。全部、氷河ね。わあ、今、雪が降ってますよ。見えます？　これですよ、このキラキラしてるの……見えません？

古い、色あせたカルチャースクールの建物の玄関を出て彼女は、大柄な大学院生が暗い壁にぴったりくっついて誰かと電話で話しているのを見る。火のついていないタバコを指の間にはさみ、歯をくいしばり、低い声で、彼女が通り過ぎるのにも気づかないまま彼は小声で話している。

言っただろ、援助してくれなくていいから、俺の将来の邪魔だけはしないでくれよって。留学資金なんだぜ。この歳まで修士もとらないで、死にもの狂いで貯めた金なんだ。俺がこれを出そうと出すまいと親父の事業がつぶれるのは一緒じゃないか。つぶれて、つぶれて、つぶれ続けるんじゃないか。

*

ギリシャ語の時間が終わると、いつものように彼女は暗い街を歩いていく。路上の車両はいつものように大胆なスピードで疾走している。赤い金属ボックスに夜食のデリバリーを積んだオートバイが、車線も信号も無視して曲芸のように走っていく。老いも若きも酔った人たち、スーツや半袖ワイシャツ姿のくたびれたビジネスマンたち、お客のいない食堂の入り口でぼんやりと行き交う人を見ている老女を追い越して、彼女は歩き続ける。

八車線と四車線の道路が交差する繁華街にさしかかる。はるか遠くにそびえ立つ高層ビルと、そのてっぺんに設置された巨大な電光掲示板が見える。いつものように彼女は横断歩道の前に立ち止まり、その画面を見上げる。実物の数十倍に拡大された顔が、巨大な唇を動かして聞こえない言葉を言う。巨大な活字が、魚のように口をぱくぱくさせながら画面の下を流れる。巨大に拡大されたニュースの画面が流れて過ぎる。担架に乗せられていく死体、群衆、燃える飛行機、泣き叫ぶ女たちが通過していく。

いつのまにか青信号になっている。輻射熱がまだ冷えていない黒いアスファルトの道路を横切り、彼女は向かいの通りをさして歩いていく。電光掲示板は静かに巨大な画面と活字を流し続けている。果てしなく広がる砂漠を音も立てずに駆け抜けていくすらりと格好の良い車、胸の深くあいたドレスを着た女優の声のない笑いが、暗い街の上で幽霊のようにまたたく。

＊

この都市を横切る巨大な川にたどりつくころ、彼女のほこりだらけの顔はすっかり汗に濡れててらてらと光っている。永遠に終わらないような江辺道路《カンビョンドウロ》の歩道を彼女は歩き続ける。真っ暗な川に映った明かりがゆらめく。彼女のふくらはぎにはしっかりと筋肉のふくらみが現れ、底の薄いサンダルをはいた足の裏は火がついたように熱い。川面《かわも》から立ち上る、暗い、湿った風がゆっくりと彼女の体を冷ましてくれる。

去年の春から彼女が毎晩吸った空気の中に浮かんでいて、知らぬ間に呼吸器に入り込み、まだチカチカしているごく微量の発光体に、彼女は気づいていない。細胞のすきまをかすかに照らし、透明に貫通して広がる元素に気づいていない。キセノンとセシウム137。半減期が短く、すぐに消える放射性ヨード131。血管の中を根気強く流れていく、やわらかい赤い血の粒子に気づいていない。真っ暗な肺、筋肉、臓器、力強く脈打つ熱い心臓に気づいていない。

＊

地下道を渡って彼女はさらに歩く。シャッターが下りている店や、たった今電気を消してシャッターを下ろそうとしている店を通り過ぎて歩く。トイレの前で勝ち目のない喧嘩をしたすえ人事不省に陥っている酔客を追い越して歩く。長い長い消化管のような地下道の端まで歩き通したあと、暗い街へと吐き出される。信号が作動しておらずオレンジ色のライトが点滅しているだけの危険な歩道を渡る。数十台の車が真っ暗な共同駐車場に物音もたてずにうずくまっている、人影のない、まるで廃墟のような街を通り過ぎる。また現れた殺風景な繁華街を過ぎ、貧相なうるさい立ち飲み屋を過ぎ、車道のまん中でタクシーを拾おうとしている危なっかしい酔客を追い越す。彼女と視線を合わせようとして野卑に光る目の前を、瞳孔の開いた無関心な目の前を通り過ぎる。

真夜中の十二時近くになって、彼女は見知らぬ映画館の入り口に立っている自分を見出す。最終回のチケットを売り終えたブースの明かりは消えている。暗い券売口の半透明のアクリルのついたてに向かって、彼女は無意識に歩み寄る。八個の真っ暗な穴の近くに唇を寄せ、びくっとして離れる。整然と並んだその穴から恐ろしい力が吹き出し、彼女の唇とのどから無理やり声を吸い出してしまおうとしているようで。

*

映画館前のバス停は暗くて汚い。つぶしたビールの缶と炭酸飲料のペットボトルとビニール袋、誰かが吐いた痰、踏みしだかれて散らばったポップコーンのくずなどの中に彼女は立っている。もうこれ以上歩きたくない。最終かもしれないバスが停留所に近づいてくるのが見える。

彼女の家の前は通らないが、近くまで行くバスだ。

バスに乗る瞬間、強すぎるエアコンの風に彼女は驚く。薄暗い照明に照らされたバスの中には、十数人の乗客が黙って座っている。疲労と敗北感、長年にわたって蓄積されたかすかな敵意のようなものをはらんだ沈黙。

彼女は二座席ともあいているところまで歩いていく。運転席の後ろに設置されたテレビでは、深夜ドラマが音もなく流れている。一人の男と一人の女が聞こえない言い争いをくり広げた果てに、激烈に、長いキスをする。色調の補正がうまくいっていないので、画面は濃い青に見える。

＊

彼女はテレビの画面を見ない。ひどい疲れが押し寄せてくるが、目を閉じても眠くならない。攻撃的に感じられるほど強いエアコンの風のせいで腕と首すじに鳥肌を立てたまま、彼女は窓の外を眺める。バスは不夜城の街をさかのぼっていく。まぶしい電気のついたカフェのスケルトンの冷蔵庫に、色とりどりのマフィンとカットされたケーキが並べられている。営業を終えた宝石店のショーウィンドウの中で、大きな模造ダイヤのネックレスが光る。ビルの一面を覆っている壁面ポスターの上では、有名な男優が目尻の深いしわを見せて笑っている。短いワンピースに季節はずれの革のブーツをはいた女が携帯電話を握りしめて手を上げ、タクシーをつかまえる。シャッターが下りた粉食店（海苔巻きやトッポッキなどの軽食を出す飲食店）の前の階段の上り口のところで、ところどころ白髪の混じった男が新聞紙を敷いて寝ている。

*

小学生のころに作った万華鏡を彼女は思い出す。鏡屋が長方形に切って持ってきた三枚の鏡面板をつなぎ合わせて三角柱を作り、その中に小さく切った色とりどりの色紙を入れた。片方の目を当てて万華鏡を揺らすたびに広がる不思議な世界に、彼女はたちどころに魅了された。

言葉をなくしてから、ときどき彼女の目の前にはあの世界が折り重なって浮かび上がることがある。今のようにくたくたになって、バスに身を任せて暗い、堅固な森のような夜の街を揺られていくとき。カルチャースクールの建物の暗く狭い階段を上っていくとき。教室に続く長い廊下を歩いていくとき。午後の陽射しと静寂と樹木、葉ずれ、その間の黄色い模様を眺めているとき。今にも爆発しそうなネオンサインと色電球の下をとぼとぼと歩いていくとき。

言葉をなくしてみると、それらのすべての風景はばらばらの鮮やかな破片になった。万華鏡の中でついに黙り込んだままだった無数の冷たい花びらのように、いっせいに模様を変えてみせた、あの色紙のように。

＊

そのとき彼女の子どもは六歳だった。

久し振りに暇だった日曜日の午前中、あれやこれやお話をしたすえに、彼女は子どもに一つの提案をした。今日はインディアンみたいに、お互いに名前をつけてみようかと。子どもはおもしろがって、自分の名を「ひかるもり」とつけ、女にも名づけてくれた。それがいちばん正しい名前だというように、断固として。

かなしいゆき。

ん?

それがママの名前だよ。

彼女は答えに詰まり、子どもの澄んだ目の中をのぞき込んだ。

＊

切れ切れの記憶が動きながら模様を作る。脈絡もなく。いかなる全体の見通しも意味も持たずに。ばらばらに飛び散ったと思うと一瞬にして、断固として固まる。無数の蝶たちがいっせいに羽ばたきを止める瞬間。それは顔を隠した冷酷な舞姫のようだ。

彼女が幼年時代を過ごしたK市郊外の道路が、そのようにして現れる。八歳の夏、五年近く飼った犬のシロの後について、家から近いその道路を渡っていた。休日の午後だった。スピードを上げて走ってきた車が稲妻のようにシロを轢いて逃げ去った。何日か前に新しく貼り替えた熱いアスファルトの上に、犬の腰から下の部分が一枚の紙のように平べったくつぶれて貼りついていた。前足と胸と頭は立体のままの犬が、泡を吹いて呻く。彼女は夢中でかけより、犬の上半身を抱き寄せようとした。犬は全力で彼女の肩や胸に嚙みついた。彼女は悲鳴を上げることもできなかった。両手で犬の口をふさごうとした。さらに腕を嚙まれた瞬間彼女は気絶し、大人たちが駆けつけたときシロはすでに死んでいたという。

目の届くかぎり四方がどこまでも輝いていた、水を満たした水田の眺めがそのようにして現れる。

十九歳の春、夜間警備に詰めていた当直室で死んだ父を棺に収め、K市近郊の墓に行った長い一日のことだ。まるで全世界が水槽になってしまったように、水田はどこまでも青々としたまぶしい水に浸って輝いていた。

またそのようにして、彼女は、暗い色の唇が腫れ上がる妙な夢を見る。何度かくり返し見ているその夢の中で、水ぶくれが破れ、そこから血と漿液《しょうえき》が流れ出るのを見る。前歯が今にも抜けそうに根元からぐらぐらして、唾を吐き出すと一口分の血が出てくるのを見る。誰のものかわからない手が石のように固い脱脂綿で彼女の口をふさぐ。血と悲鳴を一度に密封してしまおうとするように、断固として。

バスから降りたあと、彼女はまた歩く。停留所五、六個くらいの距離を休まずに歩き、かつては歩道を舗装していたセメントのかけらがちりぢりに散らばった一方通行路に入る。バスの冷房が強すぎたせいで、熱帯夜の熱気がまだあたたかく感じられる。セメントが割れたところに茂った草をかき分けて彼女は歩く。サンダルの黒い革ひものすきまから、素肌が夜露に濡れる。

*

何も判断しない。
感情を付与しない。

すべてのものが破片となって近づき
破片のままでただ、散ってゆく。消えてゆく。

単語たちがまた少し、体から遠のく。
そこに重い影が折り重なるように。
悪臭のように、悪寒のように
ねばねばする感触のようにはらまれていた感情がこぼれ落ちてゆく。
長く水に浸かっていたために接着力がなくなったタイルのように。
自覚のないまま腐っていった、肉の一部のように。

＊

朝から夜まで彼女の体は何度も汗に濡れては乾くことをくり返してべたべたになり、今、洗面台の上の鏡に映っている。彼女はお湯を半分ぐらい満たした浴槽に入る。ほこりまみれの体をお湯の中で丸め、最大限楽な姿勢をとる。無意識に眠くなり、お湯がほとんど冷めてしまってから、震えて目を開ける。

＊

眠っている子どものまぶたに彼女は注意深く唇をつける。並んで横になり、目を閉じる。目を開けるとしんしんと雪が降っているような気がして、ぎゅっと閉じたまぶたに力をこめる。目を閉じていれば見えない。きらめく六角形の大きな結晶も、羽毛のような雪片も見えない。濃い紫色の海も、白い山の頂のような氷河も見えない。

夜が果てるまで彼女には言葉もなく、光もない。すべてがしんしんと降る雪に覆われている。雪は凍っては割れながら、彼女の丸めた体の上に時間のようにはてしなく積もる。かたわらに寝ていた子はいない。寂しいベッドの端に身動きもせずに横たわり、何度か見る夢の中で、彼女は子どものあたたかいまぶたに口づけをする。

12

大柄な大学院生がぽってりした手を上げて、ギリシャ語講師に尋ねる。よく透るまじめな声が静かな教室に響く。汗に濡れたグレーのストライプのTシャツが背中と脇に貼りつき、濃いグレーの模様を作っている。

霊妙なるもの τὸ δαιμόνιον, to daimonion と神的なもの τὸ θεῖον, to theion の違いが気になるんですが。前の時間に、θεωρία, theoria には「見る」という意味があるとおっしゃっていましたが、神的なもの τὸ θεῖον, to theion も「見る」という動詞に関連しますか？　そうであれば神は、見る存在、または視線そのものということでしょうか？

彼女の隣に座っていたにきび面の哲学科の学生が、ギリシャ語講師に尋ねる。彼の言葉には大邱《テグ》なまりの抑揚が残っている。さっき机の上に置いた携帯の待ち受け画面には、白いTシャツを着たショートカットの女の子と一緒に腕を上げて、大きなハートマークを作った写真が映っていた。

すべての事物は自らの内に自らを損なうものを持っていると論証する箇所でですね。目の炎症が目を破壊して見えなくさせ、錆が鉄を破壊して完全に粉々にしてしまうことを例にとって説明していますが、そうであれば人間の魂はなぜ、内なる愚かな、悪しき属性によって破壊されないのでしょうか？

13

まだ夜が明ける前だった。

誰かが部屋に入ってきて僕の肩を揺さぶり、一通の手紙を手渡した。僕は目をこすって起き上がり、ありがとうと礼を言ってそれを受け取った。文字が書かれていない封筒を開けると、雪のように白い紙がきっちり二回たたまれて入っている。白紙を広げるとやがて、指先の感触でわかった。点字の手紙だった。

僕は慎重に手で文章を探りはじめた。一行も漏らさず、ついに手紙の最後まで探りおろしていった。意味はまったくわからない。自分が触れているのがハングルの点字なのか、アルファベットの点字なのかさえわからなかった。そして気づいた、僕が点字を習ったことがないことに。

差出人も内容も思い当たらない手紙を膝の上に置いて、僕はわずかに身震いしてしまったらしい。いったいどんな答えを使いの人に託すのがよいのかと。さっき手紙を持ってきてくれて、まだ僕の枕元に立っているその人の顔が思い出せなかった。

まだ夢の中なのに、僕は顔を上げて、さっきまで点字の手紙を読む夢を見ていたなと思った。部屋には誰もいない。まるで子ども時代の朝に戻ったように、すべてのものたちが鮮やかな色と形をもって視野に入ってくる。窓が開いていた。風が吹いているのか、濃い青のカーテンが少し揺れた。部屋の空気はごく小さなガラスの粒子を含んだようにつややかに輝いていた。薄い青に塗った壁にたくさんの水滴が宿っているのが見えた。外壁から沁み込んできて、今や床に垂れ落ちているまぶしい雫たちを見、僕はいぶかしく思った。外では雨が降っているのか。ならばなぜ、こんなに明るいのだろうと。

目醒めている夢の中で突然、眠っていたことに気づく瞬間、僕は苦痛を感じない。喪失感もあきらめも感じない。眠りから体がゆっくりと引きはがされていくときに、断固として夢から寝返りを打つだけのことだ。ついに目を開け、白っぽい天井を、りんかくが崩れてしまったものたちを眺めるだけだ。これ以上抜け出すべき夢の先の世界がないということを、落ち着いて確認するだけだ。

14 顔

まだ実感できない。君、三十六歳、ヨアヒム・グルンデルの死を。読めない点字の手紙を最後の一文字まで指でなぞり、とにもかくにも了解したと言うしかないらしいと悟った、あの居心地の悪い夢のあとのように。

遠くにいるあなたが来られないのはわかっている、と君のお母さんは僕に言った。葬儀は六時間後に執り行われるが、あなたがすまながると思ったからわざと後で知らせたというのだった。僕はできるだけ平静に、申し訳ないと言ったよ。彼女はいいのよと答えて、元気で暮らしているかと僕に尋ねた。僕は、元気でいると、ドイツに戻ったらあいさつに伺うと言った。君のお母さんはすぐには答えなかった。しばらく沈黙が流れた後、沈んだ声で言った。

もちろんよ。あなたならいつでも歓迎だわ。

あの電話が来た土曜日の朝から、このベッドに寝て天井を見上げている。おなかがすいて冷蔵庫のドアを開けるたび、庫内の電気が明るいために中のものがずいぶんよく見えるので驚いたりしているよ。その冷たく鮮明な空間はまるで凍りついた楽園みたいで、僕は冷蔵庫のドアを開けている時間を引き延ばす。簡単に用意できる食べものを取り出して食卓に並べ、短時間で空腹をなだめては、絶対安静の患者のようにベッドに戻って横たわる。

＊

君の部屋の窓は格別に大きくて、明るかったね。日光がよく入ってくる午後には、窓枠の下の棚に並んだ何十台ものミニチュアの飛行機のどれもこれもが皆、つやつやと光っていたっけ。僕が君に背を向けてその飛行機の精巧なディテールに感嘆している間、君は青と緑のチェックのカバーがかかったベッドの上に足を組んで座り、話し続けていた。振り向いて君と目が合うと、君はいたずらっぽく、鼻をしかめる動作だけでめがねを押し上げてみせたね。

縦横無尽に君がくり出す多彩な話題は、読書家らしく暗示や引用が豊富で、論証のトンネルをローラーコースターで潜り抜けるようにして延々と続いたね。話が長すぎると思ったときは、君のお母さんが焼いてくれたおいしいパイを一口大に切っては噛みしめていた。机の横の青っぽいしっくいの壁に貼られた古地図の複写や、惑星の写真、モノクロの細密画——アルマジロとマンモスとネアンデルタール人の横顔——なんかを、何も考えてないふりしてじっと見つめながら。

ときどき君は、それほどの配慮もなく僕の目の状態に、また、そのことと切り離しては考えられない僕の将来の問題に触れることもあったね。それが僕の気持ちをひそかに傷つけていると知らないわけではなかったろうに。君は明るく言ったね——僕が君ならそのときのために、前もって点字を習っておくだろうな。白い杖をついて一人で街を歩く練習もするだろう。よく訓練されたかっこいいレトリーバーを飼って、そいつが年老いて死ぬまで一緒に暮らすのさ。

つまり君は、自分にはそれを言う資格があると信じていたんだろうな。世の中のどんな不幸にも気安く接していいほどの苦痛を、自分は味わってきたのだからと。赤ん坊のころから君は十数回にも及ぶ大きな、また小さな手術を受け、十三歳のときには六か月の余命宣告も受けたんだってね。根気強く独学を続けたすえに大学に入学したときには、医師も看護師も舌を巻いたと言っていたっけ。そして病院の外に出て初めてつきあった友人が僕だったというわけだ。

はっきり憶えている。初めて会ったとき僕を驚かせた君のやせこけた体を。僕より七か月誕生日が早いだけなのに、まるで中年男みたいなしわが刻まれていたその額を。

その額に力をこめて、しわをもっと深くしながら君は僕に言ったね。

告白するとね……僕がいずれ、どんなものでも本を出すとしたら、ぜひ点字版を作りたいんだ。誰かがそれを指で触りながら一行一行最後まで読んでくれたらうれしい。それって、ほんとうに……なんていうか、実際にその人と接触しているようなものだろ。違うかな？

いいかげんな冗談ではないと証明するみたいに、君は真摯に僕の顔に向き合っていた。敏感な人特有の自意識がにじんでいたあの表情を、思い出すよ。日光で虹彩が明るく見えた薄いブルーの目もね。そのとき君が僕の顔に触れたがっていると感じたけれど、そして僕自身も君の顔に触れたいと願っていることを感じたけれど、それを僕はすぐに否定した。

＊

君との最初で最後の、近郊の岩山での登山をした日曜日を思い出すことがある。白くむき出しになった関節みたいな岩に登るとき僕らは半ズボン姿だったから、鋭い葉っぱが突き出た灌木でふくらはぎをすりむかないよう注意して、両膝を手のひらでかばいながらさらに登り、汗を拭いて一休みし、前の日に凍らせておいた水を飲み干し、間食用に持ってきた黒パンを食べ、もう思い出せない冗談を言い、くだらないことで笑っていたら結局頂上に着く前に日が沈みはじめたので、下山したんだ。

僕が子ども時代を過ごした町にもこんな岩山があったんだと、そのとき僕は話したよね。仁寿峰《インスボン》と白雲台《ペグンデ》という二つの白い岩山を見上げて育ったこと。今も母国を思い浮かべると、人口一千万のごみごみした都市ではなく、あの一対の顔のような岩山が思い出されること。

僕がその告白を正確に憶えているのは、君があのとき、いつものようにいたずらっぽくのびのびと答えてくれる代わりに倒れてしまったからだ。坂道を二、三メートル転がり落ちて、長い岩で腰を打って止まったからだ。

僕にはその状況が信じられなかった。君はいつも、もうきれいに治ったと言っていたからね。二十年間ものうんざりするような闘病生活は思い出したくもないと、これ見よがしにタバコを吸ったり、ビールを立て続けにあけたりしていたのに。自信たっぷりのあの言葉を僕は、爪の先ほども疑っていなかった。

まるで知らない人のように見えた君のこわばった顔を思い出す。初めて人の死ぬところを見ることになるのかと、僕の手がぶるぶる震えていたことを思い出す。君のまぶたが静かに閉じて、動かなかったことを憶えている。君を背負って下りたあの急な坂道で、僕は下着までじっとりと汗に濡れていた。まぶたの中にまで雨のように塩辛い汗が流れ込んできた。

そうやって下山して十日が過ぎたとき、病室の鉄のベッドで上半身を斜めに起こして座った君は、僕に尋ねたね。

なぜ哲学を志すのかって僕に聞いたことがあるだろ。僕の考えをほんとに知りたい？　めがねははずしてベッドの横のテーブルに置いてあるのに、落ちてくるめがねをゆすり上げるようにしながら君は小鼻をしかめた。

＊

古代ギリシャ人にとっての徳とは、善良さとか高貴さなんかじゃなく、あることを最も巧みにやってのける能力だったというだろ。考えてみろよ、生きることについて考えるのに最も長《た》けているのはどんな人間か？　いつ、どこでも死にまみえる可能性のある人間——だからこそ、生きることについて常に必死で考えるしかない人間……つまり、まさに僕みたいな人間こそ、思惟に関する最善のアレテー（徳）を担っているんじゃないか？

＊

数年後、君と訣別して一人スイスに旅行したときのことだ。ルツェルンの船着き場で船に乗り、氷で覆われた渓谷を一日中揺られていた日だった。初めの計画ではその船の終点――湖のいちばん奥まったところまで行くつもりだったんだが、僕は急にブルンネンという小さな町で降りた。港を囲むようにそびえている白い岩山の、二つの大きな峰のためだった。左の峰が白雲台に、右の峰が仁寿峰にとてもよく似ていたんだよ。

僕が育った水踰里では、北漢山《プッカンサン》を見上げると左側に白雲台が、右側に仁寿峰がある。実際には白雲台の方が高いんだが、仁寿峰がちょっと手前にあるので高く見えるんだ。ブルンネンの二つの山は、その位置や若干の高低差、白い岩の格好や森のようすまで、あれとそっくりだった。何の心の準備もなく出くわしたその親しみを感じる風景に、僕はちょっとショックを受けたのだと思う。

船着き場に降りると、カフェテリアに置かれたアルミの簡易椅子に腰かけて昼食をとっている青年が目にとまった。やわらかい金髪に少し面長の顔。だぶだぶのサスペンダーつきジーンズ。君と少しも似ていないのに、君のことが思い出された。

僕を見て微笑んだ彼に、何を食べてるんだいと尋ねてみた。それ、おいしいかい。うん、スイス風チーズケーキだよ、金曜日だからねと親指を立てて彼が答えた。僕はカフェテリアで同じチーズケーキを買ってきて、彼の隣のテーブルに座った。

でも、金曜日とチーズケーキに何の関係があるんだいと僕が聞くと、彼は答えた。
金曜日はみんな肉の代わりにチーズケーキを食べるんだ。俺はまあ、そんなに信仰の篤い人間じゃないけどさ……イエスさまは金曜日に亡くなったからな。

そのあとの二人の会話はどうってこともないものだった。どこで生まれたのか、仕事は何か、この町はどんなところで、次はどこに旅行するのかを互いに尋ね合って。僕は彼の名前がインマヌエルで、電気修理工だということ、その仕事に飽き飽きしていること、いつかドイツとオーストリアを旅行したいということ、二歳のときに両親が離婚し、十年は母親と、次の十年は父親と暮らしているということを知った。彼は、僕がスイスと国境を接しているコンスタンツで二年目の「頭痛のするような」勉強をしていること、ボーデン湖はルツェルン湖と同じぐらい美しいが、冬には市街地にしょっちゅう霧がたちこめるので憂鬱だということ、夕方になっても霧が晴れない日は、視界が遮られるので建物の壁にぴったりくっついて歩かなくてはならないことを知った。僕がベルリンに行ったことがないと知ると、彼はちょっとがっかりしたようだった。

ブルンネンの小さな平凡な市街地を見て回りたいという気持ちはなかった。ただ、インマヌエルと並んで座って湖を見、甘くないスイス風チーズケーキを食べ、目的もなく言葉を交わすだけで充分だった。陽射しがまぶしかったが、水辺の風はとてもさわやかだった。

三十分ほど後、ルツェルンへ戻る船が入ってきて、僕はインマヌエルと軽く握手して別れた。簡単なあいさつをしただけで、僕らは互いのメールアドレスも交換しなかったよ。船がブルンネンの船着き場から遠ざかる間、僕は彼に向かって手を振り、彼も僕に向かって手を振っていた。僕が座っていたアルミの椅子と四分の一くらい残したチーズケーキの皿がだんだん遠くなり、見えなくなった。君と少しも似ていないインマヌエルの姿も次第に遠ざかり、ぼんやりとかすんでいった。白雲台と仁寿峰に似た白い岩山も次第に遠のき、船が峡谷を回るととうとう見えなくなった。

あのときなぜあんなに心細くなったのだろう。ゆるゆると別れを告げるようだったあの光景が、想像もつかない言葉でいっぱいに満ちているように思えたあの沈黙が、なぜ今もこんなに生き生きと蘇るのだろう——まるであの経験が僕にとって何らかの答えであったかのように。痛みに満ちた祝福のようなもの、すなわち答えがすでに与えられたのだから、あとはどのようにであれ、おまえの力で理解していけとでもいうように。

＊

まばゆいもの、
ほのかに、明るい、もの。
陰になったもの。

めがねをかけずに、それらの表現では言いつくせない微妙な明るさの違いを感じながら、もう三日も天井を眺めている。

理解できない。
君が死んで、僕は何もかもが自分から抜け落ちてしまったと感じている。
ただ君の死によって、
僕の中のすべての記憶が血を流していることを、記憶が急激にまだらになり、錆び、砕けていきつつあることを、感じている。

＊

君は哲学をやるには文学的すぎるよと、ときどき忠告してくれたよね。君が思索を通して手に入れようとしていることは、一種の文学的高揚状態にすぎないいんじゃないのかと。

君と夜遅くまで交わした論争を思い出す。論争がすっかり終わり、ふと、すっぽり空いたように感じられる壁や暗い色のカーテンに目を向けたとき、まるでそのときまで僕らを待っていてくれたように思えたあの清潔な沈黙のことも。あのころの君は、粉砕不可能な敵だったな。僕が投げかけたあらゆる質問を君は明快に解きあかしてみせ、君に問いかけられると僕はいつも道に迷ってしまった。違うよ、と君はよく言った。悪いけど君が今言ったことは間違っている、とね。長い論争が終わるころ、つけたすように言ったよね、とにかく君は文学をやるのがいいよって。君はそんな、気難しい友であり、とても厳しい同い年の師だった。

その師の忠告がおそらく正しいのは想像がついていたんだ。でも僕は従うことができなかった。文学を読むなんて耐えられなかった。感覚とイメージが、感情と思索とがぶざまに手を組んで揺れている、そんな世界を決して信じたくなかった。

でも、僕は間違いなくその世界に魅了されていた。例えばアリストテレスを講義していたボルシャット先生が潜在態について説明するとき、「将来、私の頭は白くなるでしょう。しかしそれは今、現実としては存在しませんね。今、雪は降っていませんが、冬になれば少なくとも一度は雪が降るでしょう」と言ったのに僕が感動したのは、その重層的なイメージの美しさゆえのことだった。講義室に座っている若い僕たちの髪が、背の高いボルシャット先生の髪が、突然霜のように白くなり、雪が降りしきる——その瞬間の幻想を忘れることができない。

　プラトンの後期著作を読んだとき、泥や毛髪、かげろう、水に映った影、一瞬一瞬現れては消える動きにイデアがあるのかという問いに僕があんなに魅了されたのも同じことだったろう。その問いがただ感覚的に美しかったから、美を感じる僕の中の電極に触れたからだった。

＊

　あのころ僕が取り組んでいた主題を思い出す。闇のイデア、死のイデア、消滅のイデアについて、明け方まで君と僕が交わした長い、何の役にも立たない寂しい議論を。

　すべてのイデアは美と善と崇高さなんだと君は言ったね。まるで、自分より年下の学生を説得しようとするみたいに、冷静にそして悲しげに。だってそうなるしかないだろう。まさにそのために、すべてのイデアは善のイデアに連なっていくんじゃないか。ソウルとヴェニスとフランクフルトとマインツの広場がすべて、同じ一日に存在するのと同じように。

　首を振りながら僕は君に尋ねたっけ。だけど、万一消滅のイデアが存在するとしたらね、それはきれいさっぱりとした善きものであり、気高い消滅なんじゃないか？　つまり、消えゆくみぞれのイデアとは、跡形もなく清らかに美しく完全に消えてゆくことなんじゃないか？

君は首を横に振った。なあ、死と消滅は初めからイデアとは方向が違うんだよ。溶けてぬかるみになるみぞれは、初めからイデアを持つことができない。君の言葉を聞いた瞬間、はかない全世界は光を失った。しかし永遠に溶けることなく降りしきるみぞれ、永遠に地面に落ちないみぞれの世界は、依然として暗い幻影のように僕の目の前に広がっていた。

なあ、と君はもう一度なだめるように言った。

暗闇にはイデアがない。ただの闇だ、マイナスだ。簡単にいえばゼロ以下の世界にはイデアがないんだよ。どんなに微弱でもいいから、光が必要だ。かすかな光でも存在しないところにイデアはない。ほんとうに、わからない？　どんなにかすかな美しさでも崇高さでも、プラスの光がなくては成り立たないんだ。死と消滅のイデアなんて！　君は今、丸い三角形について語っているんだぜ。

＊

あの明け方、突然君は僕に尋ねた。いつもそうだったように気おくれすることなく、僕が負うかもしれない傷を悠然と予測しながら、いつか目が見えなくなるという事実が、常日ごろの僕の思考と感情にどれくらい影響を及ぼしているのかと。

僕は答えずに君の顔を眺めていた。君の目の下に黒く宿った影を。げっそりとこけた頬を。黒く、生気を失った唇を。

あのとき僕があれほど憎んだその言葉、君の残忍な問いかけに、僕はどう答えればよかったのだろう。

そのときまで僕はただの一度も自分についてそんなふうに考えてみたことはなかった。完全なドイツ語を駆使するにはあまりにも遅い十代になって、僕はドイツにやってきた。僕がどんなに最善を尽くしても、同級生よりもよくできる科目は数学と古典ギリシャ語だけだった。東洋から来た生徒が数学ができるのは特別なことではなかったが、古典ギリシャ語は違う。ラテン語をずっとやってきた連中も、これにはお手上げだったから。まさにあの複雑な文法自体が――数千年前に死んだ言語だという事実とともに――僕にはまるで静かで安全な部屋みたいに感じられたんだ。その部屋で時を過ごしていくうち、僕はだんだん古典ギリシャ語がよくできる不思議な東洋人の生徒として知られるようになっていった。磁力に引きつけられるようにして、プラトンの著作に惹かれたのはそのころだった。

だけどほんとにそうだったのかな。君が言ったような理由で、僕はプラトンの転倒した世界に惹かれたのだったろうか。それより以前に、一刀両断で感覚的実在を切り取ってしまう仏教に魅了されたのと同じ理由で——つまり僕が、見えているこの世界を必ず失うからという理由で。

あの明け方、なぜ僕は同じ質問を君に投げかけることができなかったのだろう。なぜ、君のように勇気を出して、泰然と傷を予測しながら、反問しなかったのか。僕の条件がそうならば、ほかでもない君の条件は、君の生存と行動にどんな影響を及ぼしたのかと。

＊

君とともに過ごしたあの長い時間の中で、いかなる問いや答え、いかなる引用や暗示や論証よりも切実に君に言いたかったのは、もしかするとまさに、そのことだったのかもしれない。

僕らが持っているいちばん弱く、やわらかく、寂しいもの、つまり僕らの生命をいつか物質の世界に返すとき、どんな代価も僕らには返ってこないだろうと。

いつかその瞬間が僕に訪れるとき、僕が携えてきたすべての経験を、記憶を、決して美しいものとして思い起こしはしないだろうと。

そんなにも不完全な脈絡に頼りながらも、僕は自分がプラトンを理解していると信じる。

彼もまた、美しいものは存在しないと知っていたからだ。
完全なものは永遠に存在しないという事実を。少なくともこの世では。

＊

あのころ僕が夢見ていた象《かたち》が、きわだって鮮明に浮かび上がる瞬間がある。
まだ冷えきっていない晩秋の土に、触れるや否や溶けてしまう雪片たち。
めまいがするほどに燃え上がる早春のかげろう。

静かな、かすかな、あれらの奇跡、
信じてみたこともない、神の破片たち。

生まれもしない、消えることもない、イデア。

すべての存在の裏側に水上の明るい影のように浮かんでいる、

すべての存在が数千のまぶしい花として咲き、世界を包んでいる
十五歳の僕が力のかぎりでつかみとった、華厳。

めがねをはずしたままこのベッドに横たわり、ぼんやりとあの白い虚空を見上げながら、そんな世界を思っている。

目をしっかりと開いて、それをのぞき込んでいる。

*

けれども、あのころの君をとらえていたのはそんなものではなかったね。
物理的な実在と時間。
無から、熱とともに爆発して生まれた世界。
前へと進む手前で、永遠にさまよっている時間の種。
そうだ、時間。
ボルヘスが〈自分を焼く火〉と呼んだもの。

その謎に。一瞬のうちに放たれて永遠に飛び続ける矢に。その矢の中で火を点けられ、消滅に直面している生命に、君は素手で触れたかったんだね。

ついに、もう学校に耐えられないと言って飛び出した。

二度と学生なんぞにはならないと、僕に、疲れはてた君のお母さんに向かって誓ってみせた。

鼻と唇と舌にピアスをした君の友人たちを思い出す。

その中でもきわだって悲しそうな目をしていた一人のことを。

ボリュームを上げれば上げるほど胸が引き裂かれるように悲しかった、彼らの音楽を思い出す。

君は僕に言ったよね。

病室のベンゼンの臭いの中で育った人間でなければ誰も自分を理解できないと。

美は、ひたすら強烈な、生気に満ちた力でなければならないと。

生が決して耐えるべきものであってはならないと。

ここではないどこか別の世界を夢見ることは罪悪だと。

だから君にとって美しいものとは、人波で沸き返る街だった。

陽射しが満ち溢れる路面電車の停車場だった。

力強く搏動する心臓、
ふくらむ肺、
まだあたたかい唇、
その唇を誰かの唇に強く押し当てること、だっただろう。

＊

そのすべてのあたたかいものを、君はもう失ったのか。

君は、ほんとに、死んだの。

思いに沈んだ顔。

深いしわを刻んだ口元。

微笑みを浮かべた、目。

わかりきったことを言うのが嫌なときに肩をすくめてみせる、あの癖。

君が僕を初めて抱きしめたとき、あの身振りに、若い、痛切な、隠しておけない欲望を感じたとき、鳥肌が立つほどはっきり僕は悟ったのだと思う。

人間の体は悲しいものだということ。へこんだところ、やわらかいところ、傷つきやすいところでいっぱいな人間の体は。腕は。脇の下は。胸は。股は。誰かを抱きしめるために、抱きしめたいと思うように生まれついている、あの、体というものは。

あの季節が終わる前に君を、一度でいいから、壊れるぐらいに、真正面から抱きしめなくてはいけなかったのに。

それは決して僕を傷つけはしなかったろうに。

僕は倒れも、死にもしなかったろうに。

*

やがて、鏡に映った自分の顔を他のものと区別することができなくなるだろう。僕が憶えているすべての顔は、記憶の中で固く凍りついてしまうだろう。

君だったらこの瞬間にも僕に、はばかることなく忠告するだろう。肩をそびやかしてみせながら、大げさに小鼻をしかめて言うだろう。

それがどうだっていうのだい？　点字を習え。白紙に穴をあけて詩を書け。かっこいいレトリーバーとのつきあい方を学ぶんだよ。

もしも君が死なず、僕がドイツに戻って君にまた会うことができたなら、僕は君の顔に触れただろうか。僕の手で君の額を、まぶたを、鼻すじを、頬とあごのしわを手探りで撫でて、読み取っただろうか。

いや、僕にはそれはできなかっただろう。

時が流れるにつれて君は僕を欲したから。

あの欲望をこらえることができず身もだえしたのだから。

僕らの間のすべてを、何もかもを、君の手で握りつぶしたのだから。

僕は君を深く傷つけ、全速力で君から逃げたのだから。

君を恨んだのだから。

君ではない君に会いたくて眠れなかったのだし、

君ではない君だけを、狂うほど思いこがれたのだから。

＊

あの寂しい体はもう、死んだの。
君の体はときどき、僕を思い出したかい。
僕の体は今このとき、君の体を思い出している。
あの短くて、苦痛だった抱擁。
震えていた君の手と、あたたかい顔を。
目に溜まっていた涙を。

15

彼女は上体を前に傾ける。
鉛筆を握った手に力をこめる。
そしてさらにうつむく。
単語たちが、手についてこない。
唇を失った単語たち、
歯の根と舌を失った単語たち、
のどを失い、息を失った単語たちをつかむことができない。
体を持たない幻のように、その形に触ることはできない。

16

ἐπὶ χιόνι ἀνὴρ κατήριπε.
χιὼν ἐπὶ τῇ δειρῇ.
ῥύπος ἐπὶ τῷ βλέφαρῳ.
οὐ ἔστι ὁρᾶν.

αὐτῷ ἀνὴρ ἐπέστη.
οὐ ἔστι ἀκούειν.

一人の人間が雪の中にうつ伏せに倒れている。
のどに雪。

まぶたに泥。
何も見えない。
一人の男がそれに近づく。
彼には何も聞こえない。

17 暗闇

たった今鳥が建物の中に飛び込んできた。幼い子どもの拳ほどしかない、小さなシジュウカラだ。飛び込んだばかりで、出ていき方がわからないのだろう、せっぱつまった声を上げてコンクリートの壁や、二階に上がる階段の手すりに頭をぶつけている。

ちょうど入り口に入ってきた女が、黙って立ち止まる。鳥が三度めに壁に頭をぶつけたのを見て振り返る。片方だけ開いていた玄関のガラスのドアの、もう一方を開け放つ。舌よりも、のどよりもさらに深いところで、女は言う。

出なさい。

鳥を外に出してやろうとして、女はバッグで壁をとんとん叩く。鳥がそれを脅威と感じたことは明らかだ。地下へと下りる階段の暗闇の中に飛び込み、手すりのすぐ下に隠れて身動きもしない。

そこにいちゃだめよ。

出なくちゃ。

彼女が二歩下がると、警戒をゆるめたようにピイピイとか細い声が聞こえる。また一歩近づくと、声はぴたっと止まる。彼女は開いているドアの外を眺める。夏の樹木が幹の白さをまだらに残して、夜の明かりの中に沈んでいる。フォグランプをつけたタクシーが、ガラス戸の前まで来て止まる。


無地の白いコットンのシャツにチャコールグレーのコットンパンツをはいた男が、タクシーから降りる。暗い階段の上がり口につまずいて転ばないように、タクシーから降りるとすぐに懐中電灯をつける。明かりがついた建物の中に入ると懐中電灯を消し、ずっしりと重いかばんを背負い直し、彼女に近づく。ためらってから、低い声で尋ねる。

……何を見ているんですか？

彼女が見おろしていた階段の手すりの下の黒い生きものに向かって、男は上体をかがめる。暗闇の中でそれが少し動く。彼は懐中電灯をつけて照らしてみる。ねずみだろうか。子猫か。形がわからない。

女の緊張した息遣いを、男ははっきりと聞く。彼女が何か音を出しているのを聞くのはこれが初めてだということに彼は気づく。女は髪をぎゅっとひっつめにしている。耳の下まで伸びた後れ毛が、深い呼吸に合わせて揺れる。突然、それをちゃんと見たいと男は思う。照明が充分ではないので、懐中電灯を彼女の顔に当てないかぎり表情は見えない。

また手話を使うべきだろうかと彼が思ったとき、女の息が遠ざかる。黒い半袖のブラウスと黒のパンツが、白っぽい顔とうなじと腕が遠ざかる。かかとの低い靴の音がトッ、トッ、とカンマやピリオドを打つように石造りの階段に響く。三階の廊下まで休まずに続くその音に耳を傾けながら、男はじっと立っている。はてしなく遠ざかっていくその音が感情のどんな部分を刺激するのか、これと似たような入り組んだ気持ちをいつ味わったのだったかを、じっと考える。

後について上っていこうと男が歩を進めた瞬間、ピイピイという声が聞こえる。男はふっと立ち止まる。階段の下を見おろすと、死んだように倒れていた黒い物体が二段、三段と地下から跳んで上がってくるところだ。彼が懐中電灯をかざすと、また死んだようになってうずくまる。そのときようやく、鳥だと見当がつく。

……出といで。そこにいたらだめだよ。

彼の声が暗い廊下にぶつかって響く。彼は振り返って外の樹木を見る。夕日が早々と傾き、樹木のりんかくはほとんど黒く見えている。

ためらった後、彼はかばんを開けて厚い本を一冊取り出す。それをたわめて片方の手で持ち、もう一方の手で懐中電灯を持って照らしながら慎重に階段を下りていく。三段以上は下りないつもりだ。鳥はまだ身動きもしない。丸めた本で鳥のいるあたりをポンと叩こうとして彼が上体をかがめた瞬間、ピイピイという鋭い声とともに鳥はバタバタと飛び上がった。鳥が顔にぶつかるのを避けようとした彼の足が階段を踏みはずす。懐中電灯を取り落とす。鳥は壁に、手すりに、強く頭をぶつける。再び彼の方へ飛んでくる。めがねが落ちる。耳の後ろ側で羽ばたく音がして、彼は腕で顔をかばいながらよろめく。二度、三度とめがねのレンズが踏まれて割れる。彼の靴が蹴とばしためがねが階段の下に転がり落ちる。鳥は全力で羽ばたき、ガラス戸めがけて突進する。コンクリートの壁に、ブリキの郵便受けに頭をぶつける。


真っ暗な階段に彼は座っている。何もかもが黒く混ざり合っている。震える手で階段を手探りしてめがねを探す。どれくらい距離があるのか見当がつかないあの深いところ、ぼんやりとにじんだ光暈《こううん》の中に、懐中電灯がある。

……誰かいませんか?

声がつかえて、うまく出てこない。

そこ、誰かいませんか？

彼は腕時計をぴったり目の前に持ってきて、薄緑色の夜光針を見つめる。よく見えない。多分八時十五分ぐらい。七月の最終週、夏休みのピークを控えた木曜日だ。金曜日の授業は休講になり、カルチャースクールの事務室を守るバイト生は教室のドアだけ開けて先に郷里に向かったという。勤め人である中年男性からはあらかじめ、今日は休むと連絡があった。そうなると三階の教室にいるのは、彼女と大学院生、哲学科の学生だけだ。彼女が彼を助けることはできない。残りの二人はいろいろ雑談しながら三十分ぐらいは彼を待っていられるタイプの人たちだ。

彼は両手で階段を手探りしはじめる。一段のすみずみまで手で触れて確かめたあと、次の段に下りる。幸い、あまり離れていないところでかばんに手が触れた。ジッパーを開けてたどたどしく手探りし、携帯電話を持ってこなかったことに気づく。午後、一か月かけてドイツから戻ってきた手紙を受け取り、それを机に置いてしばし考えごとをしていたら、家を出るのが遅れてしまった。急いでひげをそり、家を飛び出すバタバタの中で、携帯電話をかばんに入れた憶えがない。

もうかばんを落とさないように肩に斜めがけにしたあと、彼はまた階段を手探りする。土とほこり、正体のわからない小さな固いかけらが手に触れるばかりだ。ときどき鋭い金属片が一つ、二つと手に触れるので、そのまわりを用心深く探ってみるが、それがめがねのレンズかどうかははっきりしない。

深い海の中に広がってにじんだような光の中心に向かって、彼は両手と尻を使って下りていく。まずは、あの懐中電灯を拾わなければ。階段を順に手のひらで撫でていた彼が呻《うめ》く。めがねだ。完全に割れている。右手の指から血が流れ出す。血のあたたかさと痛みの鋭さに驚き、彼は下唇の内側を噛んでしまう。けがをしていない左手ですみずみまで探ってみて、めがねのフレームは曲がり、レンズは両方とも割れていることを知る。


どれくらい時間が過ぎただろう。

誰の気配も聞こえない。

とっくに建物の外に飛び出したのか、とうとう頭をぶつけて死んだのか、鳥も音を立てない。こんなに静かな夜に二人の男子学生が会話をしていたら、特に大学院生の朗々とした大声がかすかにでも彼の耳に聞こえないだろうか。

万一、彼らが今日来ていなかったら、三階の教室にいるのは彼女だけだ。

がらんとあいた教室に座って沈黙している彼女を思い浮かべて、彼は目をぎゅっとつぶった。

遠くにぼんやり見えていた光が消えただけで、目を開けているときとほとんど変わらない闇が彼のまぶたの中でゆらゆらする。

彼女に助けを求めることはできない。

彼女は音が聞こえないのだ。

とうとう彼は目を開ける。ぼんやりとした光に向かってさらに下りていくため、また左手で階段を手探りする。そのとき、上階の廊下から響いてくる靴音を聞く。

砕けためがねのかけらにまた触れてしまわないよう苦労しながら、彼は両手と両膝でおずおずと上方へ上りはじめる。はっきりしている。さっき聞こえたのはあの人の靴音だ。彼は鉄製の手すりを手のひらで叩く。続けざまに重いかばんで叩く。聞こえない人とはいえ、この震動を感じることはできるかもしれない。

助けて下さい。

無駄だとは思いながらも彼は叫ぶ。とうとう、靴音が地下の階段の方へ下りてくる。

闇の中の闇、闇の中で動く闇を彼は見分けることができない。近くで足音が止まったことを、人の息遣いがぼんやりと聞こえることを、あの人が動く気配が近づいてくることを感じ取れるだけだ。彼は目を見開いて、音のする方向を見上げる。

私の声が聞こえますか？
上に他の人はいませんか？
めがねが割れたんです。私は視力がとても悪いんです。

誰か呼んで下さいませんか。
タクシーをつかまえたいんです。めがね屋が閉まる前に。

私の声が聞こえますか？

りんごの香りがかすかに混じったせっけんの匂いが鼻先に漂う。きびきびと動く冷たい二本の手が彼の両脇にさし込まれる。その手が助け起こすままに彼は立ち上がる。見えない床を両足でしっかり踏もうと努める。見えない人の腕に頼って、彼は一歩一歩階段を上る。彼が足を踏みはずすたび、彼の体を支える腕に力がこめられる。

闇の濃さが変わってくる。階段が尽きたことが、明かりのついた玄関が近づいていることがようやくわかる。白みを帯びた黒いもののりんかくが見える。郵便受けと思われる灰色と、壁面の白、おそらく玄関の外のものと思われる暗闇が見える。

女の片腕が彼の背中を、もう片方の手が彼の腕を支えている。湿った風が感じられる。ぱっと開け放たれたガラス戸の前に、彼らは立っている。女の白っぽい顔と腕がぼんやりとわかる。彼は血が出ている手をシャツで一生けんめい拭く。このときまで握りしめていた、壊れて歪んだめがねのフレームが足元に落ちる。ひょっとして、下の方に点々と続いていた赤いものは彼の血なのか。彼は腰をかがめてめがねを拾おうとする。つかめない。乾いた唇を舌先で濡らしながら、彼は女に向かって言う。

かばんの中に財布があります。タクシー代には充分です。通りに出ればめがね屋があるでしょう。めがねを作らなければ。

18

歩道がガクンとへこんだところに来るたび、彼女は彼の腕を引き寄せて合図する。宙に一歩足を上げ、おろすたびに、彼が不安であることがわかる。ついに暗い通りを抜けたあと、二車線道路の横断歩道に立って彼女は四方を見渡す。

薬局を探さなくてはならない。向かいの車道側の薬局にはシャッターが下りている。タクシーがあまり通らない閑散とした道だ。通勤時間が過ぎると、バスの運行時間も間隔があく。自分の子どもが急病のときそうしたように、彼女は冷静にすばやく、ことの段取りを決める。右手の傷は深く、土埃で汚れている。出血が減るようにと彼女が自分のハンカチで手首を縛っておいたのだが、ハンカチはもう半分くらい血に染まってしまった。傷に小さなガラスの破片が刺さっているかもしれないので、直接止血することも、血をちゃんと拭くこともできなかった。

彼女は彼の横顔を見る。彼の揺れる視線がアスファルトの黒さに向けられているのを見る。めがねをかけていない彼の顔は見慣れない感じがする。思ったより大きな目だ。恐怖と当惑を隠そうと苦慮しているせいだろう。

彼女はけがをしていない彼の左手を引き寄せてつかむ。息を吸って、震える人差し指の先で彼の手のひらに一画一画、書いていく。

まず、

びょういんへ、

いきましょう。

19
闇の中の対話

机の上のスタンドをつけてもらえますか?
天井の蛍光灯より、食卓の上の白熱灯がいいんです。
明るすぎるとかえってよく見えなくて。

彼女は靴を脱いで部屋の中に入る。簡素に整えられたワンルームだ。節の多い杉材でできた机と九十センチ幅の本棚の横に、濃いブルーのマットレスカバーをかけたスチール製のシングルベッドが置いてある。シンクの棚には地味なマグカップや飯茶わん、小皿などがきちんと伏せてある。すらっと背の高い冷蔵庫がその隣に立っている。
五、六冊ほどの本が角を重ねるようにして広げてある机のところまで、彼女は歩いていく。拡大鏡の隣に置かれた薄い褐色のスタンドをつける。彼女が玄関に戻ってくるまでの間、彼は手を伸ばして壁を手探りする。ちょっと前に彼女がつけておいた玄関の電気のスイッチを切る。その下のスイッチを入れると、台所の食卓の上に、黄色い白熱灯の明かりが落ちる。

もう支えて下さらなくて結構です。
あ、私のかばんはここに置いて下さったんですね。
大丈夫です、位置がわかっていればいいので。
ぶつかって転ぶ心配はありませんから。

彼女は靴箱の横に置いた彼のかばんを持っていこうとして元に戻す。夜になってもひどい蒸し暑さは消えず、彼女の黒いブラウスはぐっしょりだ。束ねておいた髪もほどけて肩にかかり、もつれて汗まみれだ。彼の白いシャツも、背中の部分が完全に濡れている。胸に点々と飛んだ血のしみはもう黒っぽく乾いている。包帯を巻いて縛った右手は下に垂らしている。二人の腕も顔も汗に濡れててかてかと光っている。

……窓の下の椅子にかけて下さい。
この部屋ではそこがいちばん涼しいんです。

すごく暑いときは、そこで寝ることもあります。

ちょっと体を丸めれば横になれるぐらいの木製の長椅子の方へ、彼女が行く。そこに腰かける代わりに自分のバッグをおろす。椅子にもたれて立ったまま、彼が手探りせず、転びもせずにまっすぐベッドまで歩いていき、腰かけるのを見守っている。少し前、タクシーの中でも彼は自然に道案内をしていた。交差点を過ぎて最初の通りを左に入って下さい。コンビニのすぐ隣です。タクシーが止まると彼は低い声で彼女に聞いた。コンビニの隣で合ってますよね？彼女は答える代わりに、彼の腕をしばらく握ってからすぐ離した。

ごめんなさい、うち、扇風機がないんです。

できるだけ家具を増やしたくなくて。

今、こうして距離を置いて座ってみると何を話したらいいのかわからないというように、彼はしばらく困った顔でベッドに腰かけている。彼女がいる方をじっと見て、包帯を巻いていない左手を上げて食卓の横の冷蔵庫を示す。

……水、飲みますか？
冷蔵庫にミネラルウォーターが何本も入ってます。
大丈夫です、座ってて下さい。
私がやりますから。
コップには、つげないんですけど。
右手がこんなことになってしまって。

彼がベッドから立ち上がり、冷蔵庫の方へ移動する。左手で冷蔵庫のドアを開け、いちばん上の棚を探って小さなミネラルウォーターのびんを二本、右の脇にはさんだ。手伝おうとして彼女が彼に近づく。

あ、楽にしていて下さい。
一人でできますから。

慎重な足どりで彼が彼女の方へやってくる。脇にはさんだミネラルウォーターを左手で取り出し、彼女にさし出す。彼女は立ったままそれを受け取る。

めがねがあればアイスコーヒーを作ってさしあげられるのに。
妹がいるんですが、ちょっとやそっとでは兄をほめたりしない子です。
でも、私がいれたアイスコーヒーだけはおいしいと言ってくれます。
今はドイツにいます。
合唱団で歌を歌っているんですよ。
ずっとソプラノパートでね。

ミネラルウォーターを一本ずつ手に持って、彼はベッドに、彼女は長椅子に腰かけている。板の模様のリノリウムを貼った床を、その上に落ちている家具の影を、彼女は見おろす。生成りの壁紙を貼った天井を見上げると、二人の黒い影が驚くほど大きくふくらんでいる。
さっきから窓の外で虫の声が聞こえていることに彼女は急に気づく。彼女の家に行く高速道路の脇道で聞いたのとよく似た声だ。違うのは、数千ものスケート靴の刃のような車の轟音がないことだけだ。

＊

不思議な気がしますね。

さっき病院にいたときは、こんなふうに一人でしゃべっていても何ともなかったのに……

ときどき、手のひらに答えを書いてくださったからでしょうね。


彼は宙に向かってしばし左手を伸ばし、すぐに膝に置く。はっきり見えない空中に目の焦点を合わせようとして、眉間に川の字のしわを寄せている。


救急室でいろんな声が一度に聞こえました。

誰か年取った女の人が、やけどしたみたいだったな。

三歳、いや二歳ぐらいの子どもが息が止まりそうなぐらい泣いてましたね。

遠くで誰かが、変な叫び声を上げてました。

医者が乱暴な言葉で何か言っていましたね。

何でこんなことしやがったんだ、って。


彼女は、自分が直接見たその人たちのことを思い浮かべる。白髪混じりの老婆がやけどをしていた。膝を温める温罨法《おんあんぽう》の医療器具が爆発したという。いたたまれないような声で泣き叫んでいた二歳ぐらいの子は、人差し指の一節が切断されていた。若い母親が布巾に包んできた、何かの種子のようにも見える指の先を受け取って看護師が言った。氷嚢に入れてあげるから大きい病院に行って下さい、うちの病院には縫合手術ができる先生がいないんです。ぐったりした子どもをおぶった若い母親は涙が出ているのにも気づかず、激しくうなずいた。わかりました、急いで、早く準備して下さい。そのあわただしいやりとりのさなかで、入り口の方の処置室では一人の中年女性が胃洗滌を受けて泣き叫んでいた、ウオオ、ウオオと。のどにホースが突っ込まれているので、何を言っているのか聞き取れない。まだ若い医師が乱暴な言葉遣いでその女を罵倒していた。まったくもう、何でこんなことしやがったんだ。

*

……こんなにご厄介をかけてしまうとは思いませんでした。

彼女はミネラルウォーターのふたを開け、一口飲み下す。ちょっと休んでまたもう一口飲み下す。途切れそうで途切れない虫の声が、窓から漏れ入ってくるのを聞く。

どうやってお返ししたものか。

一人で話し続けるのは骨が折れるらしく、彼はしばしば黙り込む。

私の目がこんなに悪いことを、カルチャースクールの方は知りません。あえて知らせる必要もないし、誰にも話してないんです。なので、

と、彼の言葉が途切れる。彼女は真っ暗な窓の外の電信柱を眺める。ぎっしりとからみあった黒い電線が、高圧電流を隠して沈黙を守っている。誰にも言わないでおいていただけたら助かりますと彼は言いたかったのだろう。彼女にそれを頼むのは無意味だということにすぐ気づいたのだろう。

今まではめがねさえあればどうにかこうにか暮らせたんですが。

……問題はこれからですね。

彼の沈黙と虫の鳴き声が微妙なアンサンブルを成していると、彼女は気づく。パルルー、ピルー、と高い弦を不器用につまびくような鋭い声が一拍遅れて彼の声に重なる。と思うと突然、沈黙が再び割り込んでくる。こんどは高い弦を弾くような鋭い声が先に響く。

＊

将来、目がとても悪くなるということを初めて知ったとき、母に聞いたんです。そうなったらすっかり真っ暗になってしまうのかって。

……ほんとはその質問は、父にすべきだったのですね。

視力が弱いのは父、祖父、曾祖父でしたから。

でも、父は冷淡な人で。

母はどんな質問にも必要以上に最善を尽くして答えてくれる人でした。

彼女は息をするのをこらえ、ゆっくりと吐き出す。自分の母の最期の顔が思い浮かんだからだ。最後の十三時間、母は目と口を半分くらい開いたままゆっくりと息をしていた。十年あまり前にアルゼンチンに移民した兄夫婦は、ロサンゼルスを経由して太平洋を越えてくるところだった。彼女は休むことなく母の耳元にささやき続けた。意識を失っているようでも聴覚だけは生きているから、どんなことでもいいから話してあげなさいとホスピスの忠告を受けていたからだ。

どんな話題にしたらいいのか、選択の余地はなかった。小さいころ家族四人でやった夏の昼間の水遊び。セメントを薄く塗った韓屋《ハノク》の庭。ホースからほとばしり出た透明な水柱。すばやい動きでバケツに水を受けていた父と兄。頭のてっぺんからつま先まですっかりずぶ濡れになったまま、大声を上げて飛び回っていた六歳の彼女。急に二十歳も若返っておてんばな少女になったように、コロコロ笑って夫や子どもたちにふくべで水をかけていた母。

母の黒ずんだ唇をおしぼりで濡らし、自分の乾いた口にはミネラルウォーターを注ぎ込んで彼女はささやき続けた。もう続けられないと思えばこそ、さらに早口でささやいた。ついに彼女が沈黙したとき、それは起きた。鳥のような何かが突然肉体を離れ、その肉体はもう母ではなかった。お母さん、どこ行ったの。まぶたを閉じてあげることも思いつかないまま、彼女はぼんやりと口の中でそう問うていた。

……そのとき母はこう答えてくれたんです。

違うよって。明るくもあるし暗くもある。ただ、すごくぼんやりするだけだって。

それがどういうことなのか私はだいたい想像がつきました。

右の目を閉じると、もうそのときかなり悪かった左の目では何もかもぼんやりと見えましたから。

そばで聞いていた小さい妹が台所へ走っていってね。

不透明なビニール袋を台所の戸棚から探してきて、さっと自分の目に当てたんです。

うん、これはソファーで、これは本棚だわ。

あれは灰色で、あっちはだいだい色だね。

これでも転ばないで歩けるわ。

おもしろがっている妹の手からビニール袋をむしりとって、母はあの子をものすごい形相でにらみました。


彼はミネラルウォーターのびんを傾け、水をおいしそうに飲む。彼の顔が穏やかな、寛容な表情を見せているのを彼女は見る。家族の思い出を話すのが幸せなのだ。暗くこわばっていた彼の顔がなごむ。うっすらと明るくなる。

母は怖い人でした。

私の視力をからかうことを、誰に対しても許しませんでした。

でもそのとき妹は、ほんとにホッとしたんだと思います。

父の近い未来と兄の遠い未来が、考えていたほどひどいものではないと思ったんでしょう。

それを理解するには、母はまじめすぎました。


物音も立てずに彼女は彼の言葉に耳を傾けている。この人の顔の中に鳥のようなものが生きていると思う。そのあたたかい感じが、自分にとってはただちに苦痛を呼びさますものだとわかってくる。

＊

……聞いていますか？

右手に包帯を巻き、半分くらい飲んだミネラルウォーターのびんを左手に握った彼が急に不安そうに尋ねる。腕を伸ばしてベッドの横の机にミネラルウォーターを置く。

……もう出られたほうがいいんじゃないですか？

ご家族が心配されるのでは？

彼女の顔がしばらく曇る。幼いころ、いとこたちとやった隠れんぼのことを思い出す。集姓村（同じ姓を持つ家系が集まって暮らす村）だった父の故郷の叔父さんの家でのことだ。手ぬぐいで彼女に目隠しをして、年上のいとこたちが隠れた。つかまえられそうでつかまえられない、人の気配のする方へと手を伸ばすと、笑いをこらえきれず漏れてくるクックッという声が聞こえた。そうやってしばらく宙を手探りしたあげく、彼女は寂しくなってそこに立ち止まった。目を覆っていた手ぬぐいをほどき、広々と開け放たれた部屋を調べてみて、みんな外へ行っちゃったとわかったときの、あの思い出。

そこで、聞いていますか？

彼の顔からも光が消える。あたたかい鳥はうずくまり、身をひそめてしまう。ためらったあとで彼女は足と膝を注意深く動かして気配を知らせる。持っていたミネラルウォーターを、椅子におろす。

次の話を切り出すまで彼はためらう。見えない彼女の顔に向かって、視線を固定する。

＊

＊

……母と妹をドイツに残してソウルに来るとき、私は片道チケットをとりました。戻りの日をオープンにして往復チケットを買おうかとも思ったのですが、なぜだかそれはしたくなくて。

彼は少し舌を突き出して唇を濡らす。文と文の間に長い間を置く。暗いところで文を書くとき、上の文に下の文が重ならないよう、できるだけ広く間隔を置くように。

飛行機が東へ、東へ……偏西風に乗って飛んでいくでしょう。窓の外を見るたび、巨大な矢に乗せられて飛んでいくみたいでした。的ではなく、的の外側を目指して射られた矢のようでしたよ。

彼女はゆっくり、注意深く足を動かして、聞いているという気配を知らせる。

……乗客の半分はドイツ人で半分は韓国人だったんですが、一人だけ韓国人の女性乗務員がいて、私に韓国語で聞いたんです。飲み物は何を差し上げましょうかって。私は笑いました。つまり、私はもはやこの飛行機の中で目立たない人間だったわけですから。

彼がミネラルウォーターを持って唇を濡らす。

……フランクフルトで初めて外国人として暮らしはじめたとき、母はいつも心配のあまりイライラしていました。外国人だから、しかも人目につきやすい東洋人なんだから、失敗しないようにいっそう気をつけなくちゃというのが母の強迫観念でした。週末に外出すると、ささいな問題で父といさかいを起こしていたものです。

もう、こんなにむやみに車を出しちゃって、出口に料金係がいなかったらどうするんです。いいじゃないの戻ったって。確かに二階に料金係がいたじゃないの。戻って先に払いましょうよ。……ちょっと、聞いてよ。私たち韓国人なのよ、お金を払いたくなくてこんなところに停めたと思われたらどうするのよ。もし万が一にも出口に料金係がいなかったら……大丈夫じゃ、ないでしょ。どうしてこんな無茶なことするの？

彼の唇に苦笑いが浮かぶ。

大丈夫だから、心配ないからって何度もぶっきらぼうに答える父の態度を見て、母が神経質すぎると感じたりもしたけど、今思えばだいたいは母の方が正しかったんです。目に見えない不当な扱いを受けることが、ときどきありましたから。僕と妹が通ってた学校でも、父が取り引きをしていたドイツの企業や官公庁でもね。人種偏見としかいいようのない、氷みたいに冷たい、嫌悪や蔑視のひそんだ視線を憶えています。

彼の沈黙が長引くたび、彼女はごくわずかに体を動かして気配を知らせる。木の椅子の肘かけを何となく手で撫でたり、髪をすき上げたりする。それから、動きを止める。

……母はいつも疲れていました。父の代わりに生計を立てるためマインツに家を移し、アジアの食材を売る店を開いたあとは、家で母の笑顔を見ることは難しかったですね。母は口癖のように言ってました。

どうなってんだか、この国は。知り合いでもない人と目が合っても笑わなきゃいけないなんて。もう笑わないで暮らしたい。思ってる通りの顔で暮らしたい。私、家では笑わないことにするから。

私が笑わなくても、怒ってるわけじゃないから誤解しなさんな。

彼女がごく小さく体を動かしても、天井に映った彼女の影ははるかに大きく動く。彼女の顔と手がほんのわずかに震えるだけでも、影は踊るようにそわそわとゆらめく。

思春期のころ、私にとっていちばん難しかったのが微笑むことでした。快活で自信に満ちた態度を演じなければならないということでした。いつでも笑ってあいさつできるように準備しておくことは、私には骨が折れました。ときには、笑ってあいさつするのが一種の労働みたいな気もしましてね。みんなの形式的な微笑が一瞬もがまんできない日もありました。そういうときは、武道の得意な不良東洋人と思われることを覚悟で、帽子を深くかぶってポケットに両手を突っ込んで、自分にできるいちばん無愛想な表情で歩いたりしたものですよ。

天井いっぱいにふくらんだ二人の影が、突然それ以上動かなくなる。じっと黒い境界線を固く守ったまま、離れて座っている。

……とうとう飛行機が仁川空港に到着すると、長く慣れ親しんで、もう間違いなく自分のものになっている微笑を浮かべたまま、私は飛行機から出ていきました。誰かの体が近づくたび、失礼しますとドイツ語で言いそうになりました。誰かと目が合えばにっこりしそうになる。入国審査場を出た瞬間わかったんです。家族や友人を迎えに来ている韓国人の間を肩で押し分けて出ていくとき……自分が今、誰の目にもつかない人間になっているということが。ようやく、知らない人に笑いかけたりあいさつしたりしない文化の中に無事に戻ってきたということが。

わからなかったのですよ。そのことがなぜあのとき、あんなに、身にしみるほど孤独に感じられたのか。

＊

窓の外から聞こえる虫の声がこの部屋の静寂を針で刺していると、彼女は感じる。刺繡枠にはめ込んだ布のようにぴんと張った静けさに、無数の小さな穴があく。影たちは相変わらず微動もしない。彼女は息の音もたてず、彼の顔は凍りついたように青ざめている。

*

……そういえば、ドイツに行った最初の冬に、父を除く三人で汽車に乗ってささやかなイタリア旅行をしたことを思い出しますよ。

彼の独白が少しずつ早口になる。暗闇の中であわてて書いたためにめちゃくちゃになってしまった文章のように、一行の上にもう一行が、インクの上にインクが、記憶の上に記憶が何重にも重なっていく。

よく思い出せないんです。イタリアの他のことは何も。美術品や教会、食べ物なんかのことも。ただ、あのカタコンベのことだけは忘れられません。

*

……それは死んだ者たちの都市でね。

通路が壁にぶつかるたび、道が三つに分かれるんです。

道に迷って飢え死にした観光客がいるって聞いたんですが、実感がありましたよ。

石室の壁面は全部、大小の引き出しの形をした墓なんですが、現地旅行社の韓国人女性ガイドが質問するんです。

皆さん、どうしてお棺の中に遺骨がないのでしょうか？

声の大きい妹が答えました。

博物館に持っていったからじゃないですか？

ガイドは違うと言いました。

……誰か、盗んだんですか？

他の観光客が聞くとガイドがまた首を振ります。

ぜーんぶここにあるんですよ、とガイドはまるで誇りでも感じているみたいに言いました。

皆さんの目の前のお棺の中に見える土を分析すると、カルシウムとリンがたくさん出てくるそうです。

数千年経つと人の骨が腐って、こんな土になるんです。

彼女は窓の外を振り向いた。暗闇の中の電線は相変わらず乱れ、もつれている。高圧電流の中で、声と映像と無数にまたたく活字たちを通しながら、泰然と静寂の中に浸っている。

……吐きそうになりました。

私が見ている土が怖くて。

その土が私の体の中に詰まってきそうで。

でも、逃げられませんでした。

暗すぎて。

どれも同じに見える三叉路が際限なく広がっていました。

吐きそう。

舌よりものどよりもさらに深いところで彼女はつぶやく。

数か月前、彼女は何日も、一時間から二時間おきに吐いていたことがあった。裁判に負けて子どもを失った直後のことだ。一週間ぶりに子どもを家に連れてきたとき、子どもが好きなオムライスを作ってやるのがやっとで、自分はキャベツしか食べなかった。ミキサーで細かくしたり鍋で蒸したりして食べた。それ以外に胃が受けつけるものがなかった。

ママ、それじゃうさぎさんになっちゃうよと子どもが言った。体じゅう緑色になるよ。彼女は子どもと一緒に笑い、またトイレに入って吐いた。胃酸ですっぱくなった口をすすいで出てくると、いたずらっぽく子どもに聞いた。でもね、なんでうさぎは緑色にならないのかな？草ばっかり食べてるのに。子どもが答えた。それはね、うさぎはにんじんも食べるからだよ。吐き気をこらえながら彼女は笑った。

＊

……こうやって一人で長いこと話していると、不思議にあのときのことを思い出しますよ。何千人もの肉体が骨まできれいに腐ってしまった巨大な墓の中に、あんなにあたたかい体を持った私たちが集まっていたことを。

インクの上にインクが、記憶の上に記憶が、血痕の上に血痕が折り重なる。穏やかさの上に穏やかさが、微笑の上に微笑が。

……疲れましたね。

彼がしばらく沈黙する。

今眠ったら、何日でも目が覚めないような気がします。

＊

歯を食いしばったまま彼が何かを手探りしている。探ったところをまた撫でる。彼女が凍りついた沈黙をまさぐるときそうするように。一枚の氷が溶ければ道は三つに分かれているだろう。また一枚の氷の下に三つに分かれた道があり、さらに厚い氷の下にまた分かれ道が……そうやってきりもなく広がっているのだろう。

……一度だけ、ほんとに何日も目が覚めなかったことがありました。

ある人が私の顔を材木のかけらでぶちのめしたんです。
暴漢ではなくてね。
よく知っている人でした。
めがねが割れてけがをして。
その痕が今も残っています。

彼の目元から口元にかけて走る白っぽい線に彼女は視線を向ける。夜はすっかり更けて、途切れそうで途切れなかった虫の声が今しも絶えようとしていることに彼女は気づく。真っ暗な家々が暑さに勝てず開け放っている無数の窓、目の細かい無数の網戸の間を、幽霊のように身をひるがえして行き交うのは、あの真っ黒な闇だけだ。

完全に意識を失い、気がついたら病院でした。
三人部屋だったんですが、ちょうど他の二つのベッドはあいてました。
暗い窓の外を見ながら思ったんです。
これから明るくなるんだろうか、それとも夜になるんだろうかと。

その瞬間だしぬけに、古い単語の記憶が半分消し飛んだまま思い浮かび、彼女はそれをつかまえようとする。大昔、日が沈んだ直後と日が昇る直前の薄暗さを、呼……で始まる漢字の言葉で呼んでいたという。遠くから来る人を見分けることができず、大声で呼んで誰なのか尋ねなければならないという意味の単語だ。犬や狼の時間という西洋式の表現と同じ語源を持つ、呼……で始まる、ついに完全にならないその単語が、のどよりもさらに深いところでうごめく。

ちょうどそのとき病室に入ってきた妹と母が私を見て、声を上げたんです。

妹が駆け出して看護師を呼びました。

一日の仕事に疲れきった、髪がくしゃくしゃのインターンが、私に経過を説明しました。青っぽさが残っていた薄闇はそのとき、もう完全な暗闇になっていました。

小さいとき彼女は、長い昼寝から目覚めて戸のほうへ向かって膝で這っていったことがある。真っ暗な韓国式台所に通じる戸だ。階段を尻で下りて台所の床に着地すると、母が石油コンロの前にしゃがんで黒豆を煮ているのが見えた。ぼうっとしたままで、彼女は尋ねた。お母ちゃん、今、明日？　母は吹き出した。昔ふうの台所のすみずみに沁み込んだ暗闇は夜のものだった。夜明けのそれよりさらに固く、深く、はるかに長い暗闇だった。彼女もまた無意識にそう感じて、「明日か」と聞いたのだ。

三日間意識不明だったと医師が言うんです。
外傷はひどくないのになぜなのか、誰も理由がわからないと。

彼の顔に妙なもの悲しさとかすかな微笑が漂う。

……夢も見ないであんなに深く眠ったのは、あれが最初で最後でした。

乾いた板に水がにじむように、静かに、顔全体に微笑が広がる。

＊

もっと時が過ぎれば……

彼の声はほとんど揮発しそうだ。

僕が何かを見るのは、夢の中でだけということになるでしょう。

ある瞬間から彼は誰に話しているのか忘れたようだった。ここにいない誰かに語っているかのようだ。

＊

……薔薇。

西瓜を半分に割ると花が咲きこぼれるように現れる、赤い果肉。

燃灯会の夜。

雪のひとひらひとひら。

昔の恋人の顔。

あのときは、夢から覚めて目を開けたのではなく、

夢から覚めると世界が目を閉じたのです。

疲れを感じながら彼女は長く目を見開いてみる。自分が今、ここにいるということが実感できない。また目を閉じると、意識がふらりとうつつの世から押し出されてしまいそうになる。今目を開けたら、彼女の家の部屋の天井が視野いっぱいに広がるかもしれない。彼女はいつものようにリビングのソファーにうずくまって眠っているのかもしれない。

何時間も前、誰もいない教室で授業が始まるのを待っていた三十分ほどの間にも彼女は似たような混乱を味わった。いつも先に来て受講生を待っているギリシャ語講師が、どうしたのだか教室に入ってこなかった。柱の後ろの席を好んでいた中年男性も、暗い壁にもたれて切れ味鋭い言葉を発していた大柄な大学院生も、彼女に向かって好奇心いっぱいの目をしばたたかせていたにきび面の哲学科の大学生も、来ていなかった。

黒板も、教壇も、机も、すべてがらあきだった。二台の扇風機は互いに顔をそむけるように、反対側の壁に向かって斜めに止まっていた。受講生たちが生き生きと立ったり座ったり話をしたり、めいめいの携帯電話で誰かと話したりしていた空席が異様な痛覚を伴って彼女の目に入ってきた。彼女はぎゅっと目をつぶってみた。彼女の時間と他のすべての人の時間との間にずれがあるようだったから。それは岩石の断層のように鋭くずれて、彼女の時間が再び彼らの時間と重なることはないかのようだった。ぼんやりと聞こえてくる車のエンジン音にぼんやりと耳を傾け、彼女は教材とノートと布のペンケースをバッグに押し込んだ。静寂に浸っていた教室の電気をつけたまま、ひどく大きく響く靴音を立てて暗い廊下に踏み出した。

＊

……そこで、私の声が聞こえますか？

彼の声はまるで、湿気にやられたスピーカーを通したように変形して聞こえた。

これがギリシャ語講師の声なのだろうか。目を閉じたまま彼女はとまどっていた。

何か月間か、あの寂しい教室で聞いてきた彼の声と同じものだろうか。こんなにやわらかく震える声だっただろうか。

ときどき、不思議に感じませんか。

私たちの体にまぶたと唇があるということを。

それが、ときには外から封じられたり

中から固く閉ざされたりもするということを。

*

重いまぶたをようやく開いて彼女は、ちらりと夢に浸るようにして、日が沈んだ後の昔の家の前の道を思い浮かべる。まだ若かった母と一緒に、近くにある母の実家に行こうとして出たところだった。市場に寄ってみかんを買っていこう、と母が言う声が聞こえた。コートのジッパーを一人で閉められずに苦戦していた幼い彼女はその瞬間、突然、目の前にだいだい色の柑橘を見た。それが本物のみかんではないということに、実際に見ているのではないのにそんなにはっきり見えるという事実に驚いた。すぐに頭を切り替えて木を思い浮かべてみても、同じだった。まるで魔法のよう。彼女の目が見ている景色はただ、暮れなずむ道とはてしなく続くコンクリートの塀だけなのに、彼女ははっきりと木《ナム》を見ていた。この前知ったばかりの文字の形がそこに重なった。ナム、と声を出して発音しながら、彼女は一人で笑った。ナム、ナム。

*

……私の言っていること、変に聞こえます？

彼女は目を開けて彼の顔を見る。昔の傷跡と、さっきしきりに手でこすったせいで新しくできた、埃と汗のまだらなしみを見る。また目を閉じる。さっき見た彼の少年のような顔がそっくりそのまま、幼いころの魔法のように思い浮かぶのを見る。

失礼でなければお聞きしたいことがあります。ほんとに、誤解してほしくないのですが……

彼の声が低くなる。

つまりあなたは、初めから……初めから、お話をされなかったのですか？

＊

天井には模様のない生成りの壁紙が貼ってあり、本棚に立ててある本はびくともしない。虫の音は止んだ。暗い部屋の静寂を傷つけるのは、とても遠くから聞こえる自動車のエンジン音だけだ。開いた窓から風が入ってくる。濡れたタオルのようにじめじめした風だ。汗が冷えてべたべたする自分の顔を冷たいタオルで拭きたいと、彼女は思う。彼の顔についてしまった汚れもごしごし拭き取りたい。

……あなたは何をされる方なんですか？

＊

宙をまさぐるような彼の視線と緊張した唇を、夜が更けて薄青いひげが生えてきたあごと頬のまわりを、彼女はじっと見つめている。その顔を形作っている線と点の中に、解読すべき記号が、象形文字のようなものが隠れているかのように。その顔を筆に移して簡潔な線で描いたら、いくつかの静かな言葉が立ち現れると信じているかのように。

高校二年生になったばかりの春、彼女は〝象形文字〟というタイトルで詩を書いたことがあった。控えめなユーモアを表現したいと思って書いたのだ。アルファベットの小文字のaは、疲れた人が頭と肩を前にかがめたところ。「光」という漢字は、土の下に根を伸ばし、土の上では光に向かって生い茂っていく灌木。우《ウ》우《ウ》우《ウ》と叫ぶ声は、窓枠の上に並んだ水の雫がいっせいに転がり落ちるようす。まつ毛の下ににじんでは流れていく涙の動き。それは誰にも見られることのない、明るく静かで純真な詩だった。

だが時が過ぎたあと、彼女が書く詩はそれとは違っていた。彼女の言葉は次第に、とぎれるかとぎれないかのところで震えては、ついに切れ切れになり、こそげ取られたひときれの肉片のように、すりつぶされながら腐っていった。

……なぜ古典ギリシャ語を勉強しているんですか？

＊

彼女は放心したまま、左の手首を見おろす。冷たい汗で濡れ、やわらかくなったダークパープルのシュシュの下で、とうの昔の傷跡も湿っている。彼女は思い出すまいとしている。どうしても思い出さねばならないなら、もはや何の感情も抱くことなくそうしようと決めている。いかなる感情も伴わず、遠くにいる、ただ面識があるだけの他人を思い出すようにして、彼女はあの日の自分を思い出す。狂ってる。ちょうど意識を回復したところだった彼女に、暗闇の中で人が言い放った。狂った女にずっと子どもをまかせてきたとはな。舌先とのど元から言葉がこぼれ出そうになるのを、ゆるんだふたのようなものの中から言葉が滑り出して人を刺そうとするのを、刃のような金属の匂いを放つ言葉で口中がいっぱいになるのを彼女は感じた。そして、ちりぢりに割れた剃刀の刃がわが口から吐き出される前に、それをしようとする自らを、ぐっと刺した。

＊

……あの日、ノートに何を書いていらしたんですか？

摩耗した巨大なのこぎりの歯の一部を撫でるように、彼女は自分の唇をまさぐってみる。ずっと昔に退化してしまった器官を思い出すように、言葉たちが震えながらほとばしり出てくる経路を、彼女は頭の中で探っている。

言葉を失ったのは特定の経験のせいではないことを、彼女は知っている。

数えきれない舌によって、また数えきれないペンによって何千年もの間、ぼろぼろになるまで酷使されてきた言語というもの。彼女自身もまた舌とペンによって酷使し続けてきた、言語というもの。一つの文章を書きはじめようとするたびに、古い心臓を彼女は感じる。ぼろぼろの、つぎをあてられ、繕われ、干からびた、無表情な心臓。そうであればあるほどいっそう力をこめて、言葉たちを強く握りしめてきたのだった。握り拳が一瞬ゆるめば鈍い破片が足の甲に落ちる。ぴったりと嚙み合って回っていた歯車が止まる。時間をかけてすり減ってきた場所が肉片のように、匙で豆腐をすくうように、ぞっくりとえぐり取られて欠落していく。

＊

和解は不可能だった。

和解できないものたちがいたるところにあった。

明るい春の日、公園のベンチで、何重にも重ねた新聞紙の下で発見されたホームレスの死体の下に。深夜の地下鉄の中で、汗でじっとり濡れた肩を重ね合い、めいめい別のところを見ている人々の呆然とした視線の中に。豪雨に打たれる幹線道路に際限なく並んでいる、赤いテールランプを灯した車の行列の中に。何千個ものスケート靴の刃で引っかかれて傷ついた一日一日の中に。そんなにもたやすく壊れてしまう肉体の中に。それらのすべてを忘れるために交わされる、愚かしい切れ切れの冗談の中に。それらのどんなことも忘れぬようにと、ぐいぐいと力こめて書きつけられた言葉たち、その中でいつしかふくれ上がっていく泡の悪臭の中に。

とある明け方にまたは夜更けに、ずっと一人でいたり病んでいたりした後に、信じられないほど清潔で静謐な言葉がにわかに、ほろりとほどけて出てくることもあった。しかしそれを和解の証と信じることは、できなかった。

＊

ひどい酔いのような疲労が彼女の意識を鈍らせていた。

彼の声がまるで夢のように、とても遠いところから切れ切れに響いてくる。

……あなたを理解できると思うときがあるんです。

これ以上何も言いたくないときがあります。

彼女は彼の顔を見つめようと努める。焦点を結ばない彼の目に、はっきりと目を合わせようとして努力する。


暗い緑色の黒板にチョークで文章を書くとき、私は恐怖を感じます。

さっき私が書いた文字なのに、十センチ以上離れたら見えません。

暗記した通りに声を出して読むとき、恐怖を感じます。

舌と歯とのどで平然と発音しているすべての韻文に、恐怖を感じます。

私の声が広がっていく空間の沈黙に恐怖を感じます。

一度広がり出したら取り戻せない単語たち、私より多くのことを知っている単語たちに、恐怖を感じます。

＊

今聞こえてくる言葉が誰のものなのか、知ることはできないと彼女は思う。ひどい疲労の中で、すさまじく暗い、静かな部屋の中で、何もかも幻だと彼女は感じる。どんな言葉も彼女には聞こえない。どんな他者の内部も彼女はうかがい見ない。


霧の中を歩いていくようなときがあるんです。

この都会の冬にときどきやってくる、明け方に湖から市街地に押し寄せた霧が夕方まで晴れない日のような。壁に描かれたフレスコ画が霧に隠れてあとかたもなく見えない灰色の建物の間を、じめじめした石壁に体をぴったりつけてゆっくり歩いてゆく夜のような。誰も自転車に乗っていない、人気がない、重い足音だけが聞こえていた夜、これ以上どんなに歩いてもあの冷え冷えとした家にたどりつけないと感じた夜のような。

＊

どんなに時が流れても、決して彼女が理解できないことがあった。

あの日あの厚いアスファルトの上で、平べったくなってしまったシロはなぜ、彼女を噛んだのだろう？

あれがあの子の最期の一瞬だったのに。

なぜあんなに強く、全力を尽くして、彼女の肉を噛みとろうとしたのだろう。

なぜ彼女はあのように、愚かしいまでに、最期まであの子を抱きしめていたのだろう。

＊

……私の言うこと、聞こえますか？

彼女は彼の言葉をはっきりと聞いている。それがどんなに大変なことか、彼は知らない。彼女は彼をはっきりと見ている。それもまたどんなに大変なことであるか、彼は知らない。机の上に斜めに落ちたスタンドの光を受けて、半分くらい影になった彼の顔を、彼女は今、全身、全力で見ている。

……そこで、聞いていますか？

彼が体を起こすのを彼女は見る。ところどころにはねた血痕がもう黒褐色に固まっている白いシャツを着て、彼が慎重に足を踏み出し、彼女の方へ近づいてくるのを見る。彼が彼女よりも疲れていることを、一歩一歩よろめかないように苦心しているのを見る。

＊

……ごめんなさい。

こんなふうに一人で長いこと話したのは、初めてです。

疲労をやっとのことで顔の後ろに押しやって、彼が言う。腰をかがめて左手を彼女の方へ差し出す。めがねをかけていない彼の目を彼女はのぞき込む。暗闇と光を見分けられる目。彼女の顔のりんかくをはっきりと見ている目だ。

ここに答えを書いてくれますか?

もう虚空を手探りすることはしないと決めた目、ずっと一人で話し続けた人の目、一度も答えてもらえなかった人の目を、彼女は見る。

タクシーを呼びますか?

彼女は舌先で下唇を濡らす。唇を開けて力いっぱい閉じる。彼が差し出した手を彼女の左手が支える。ためらう右手の人差し指で、彼の手のひらに書く。

*

いいえ。

細かく震える画と点が、二人の肌に同時に触れては消える。音もたてない。目にも見えない。唇も目も介在しない。指の震えも肌のぬくみもすぐに消える。いかなる痕跡も残らない。

しはつの

バスで

かえります。

20
黒点

激しい雨音で彼は目を覚ます。暗い。窓が開いている。雨がもっと吹き込む前に窓を閉めなければならない。無意識にめがねを探そうとしてベッドの横の本棚を手探りし、彼は昨夜のことを思い出す。右手にまだ痛覚を感じる。ずきずきする。

彼は裸足でベッドから降り立つ。両腕で空中を手探りしながら窓の方へ、冷たい雨と風が入ってくる方へと進む。暗いところともっと暗いところを見分けようとして苦心する。長椅子もまだ遠くにある。顔と腕がようやく湿気を感じる。長く伸ばした手に、水滴の粒が触れる。彼はたどたどしく窓枠のアルミの引き具を探り当てる。音をたてて窓を閉める。手のひらも手の甲もびっしょり濡れる。激しく降りしきる雨音が大きく一歩遠ざかる。

女が長椅子に寝ていないことに気づくまでに長い時間はかからない。身動きする気配も、あたたかい息づかいもない。始発バスの時間かな、と彼は声に出してつぶやいてみる。自分の声がまるで他人のもののように乾いて聞こえる。

彼は長椅子に腰かける。両手で椅子を触り、女がふとんと毛布をたたんで一方に寄せておいたことを知る。昨夜彼が押し入れから出してきたものだ。たたまれたふとんの上に彼は横になる。かすかな汗の匂いが、幼児が使う入浴用せっけんのようなりんごの匂いがする。彼は両手を空中にかざす。白っぽく見えるのは右手の包帯で、もっと白みが薄いのは左手だ。左の手のひらをくすぐると、昨夜手のひらに書いてもらったあたたかい画と点を、肌がまず思い出す。わななき、ためらっていたあの手。爪を過剰に短く切った、彼の肌を少しも痛めなかった指。少しずつ形になっていった音節。針のない画鋲のようだった、やさしいピリオド。次第に光を増していった、たった一つの言葉。


おそらくあなたは思ってもみなかったろうけれど、ときどき僕はあなたと長い対話をするところを想像していた。

僕が話しかけたらあなたが耳を傾けてくれて、あなたが話しかけてくれたら僕が耳を傾けるという想像。

がらんとした教室で、ギリシャ語の授業が始まるまでの時間に一緒にいるとき、そうやってほんとうにあなたと対話しているように感じられるときがあった。

けれど顔を上げてみると、あなたは半分くらい、いえ三分の二くらい、いえそれよりももっと欠けてしまった人のように、何かからかろうじて生き残って話せなくなった人のように、何かの残骸のように、そこにいて。そんなあなたが恐ろしくもあったのだけれど。怖さに打ち勝ってあなたに近づき、そばの椅子に腰かけたとき、あなたも急に体を起こしてちょうど同じくらい近くに座り直してくれたような気もして。

そんなにも恐ろしいあなたの沈黙が思い出される夜があった。光がいっぱいに溜まってゆらゆらするようだったRの沈黙とはまったく違う沈黙。それはまるで、氷を下から叩き続けて冷え固まってしまった手のような。血まみれの体の上に積もった雪のかたまりのような。それがあるとき一瞬にして、本物の死に変わってしまうのではないかと思うと怖かった。ほんとうにかちかちに、冷え冷えと凍てついてしまうのではと不安だったのだけれど。

暗闇に向かって彼はふと目を上げてみる。何も見えない。服従するかのようにまた目をつぶり、まぶたの中の暗闇を見る。その暗闇の中に抗いがたく押し寄せてくる明け方の眠りに身を任せる。耳の中に分け入ってくる雨音を聞く。

雪が空から降りてくる沈黙なら、雨は空から落ちてくる終わりのない長い文章なのかもしれない。

単語たちが敷石に、コンクリートの建物の屋上に、黒い水たまりに落ちる。はね上がる。

黒い雨粒に包まれた母国語の文字。

丸かったり、まっすぐだったりする文字の一画一画、短く打たれた点。

身をかがめている、句読点と疑問符。

眠りに落ちる瞬間に訪れる、危うく粉々になりそうな夢の中で、彼は二人の人間を見る。老いた男と若い女だ。老いのため細かく震える声で白髪の男が尋ねる。許しを乞うかのように両手を胸の前で合わせて。

……言っておくれ。この匂いは何だ？

若い女が説明しはじめる。生々しく、熱心に、正確に、とても早口で。ぞっとするほど無遠慮な言葉遣いで。

くぬぎの林。根っこが土の上に出てるわ、関節みたい、にょきにょきって。そこにツタがぐるぐる巻いてる。

どんなふうになっているんだ?

幹と、曲がった枝が……こっちに向かって飛びかかってきそう。私たちの体もすぐにぐるぐる巻きにされそうよ、それと、あれはね、

……それと? それと、今は何が見えている?

老いた男の声が次第に震えだす。

そんなに黙っていてはいけない。醜いもの、怖いもののことを隠すな。何だ? 何が起きている?

彼の声が早くなる。声はさらに震え、高まる。

言ってみてくれ。あなたの唇と舌で、のどで……今、言ってくれ。どこにいる? 手をおくれ、頼むから、声を出してくれ。

鋭く胸をえぐる苦痛。彼女の手が見つからない。あの人の、あの人の手が、ない。小さな子どものように彼は泣く。はっと目を開けた瞬間、現実の中では夢ほどには泣かなかったことに気づく。いくらかのあたたかい涙が頬に流れているだけだ。いかなる慰めもなく、彼はまた眠りの中に吸い込まれていく。

こんどは　夢ではなく記憶だ。
襲いかかってくる黒い鳥。
暗闇に閉ざされていた階段。
その端で灯っていた懐中電灯の光。
近づいてきた彼女の白い顔。

驚いて記憶から覚める。
他の夢の中に入っていく。

こんどは、急によく見える。
深い深い、冷え冷えとした地下に集まっていた見知らぬ人々。
口から吐き出される熱い息。
みな死体のように、喜劇俳優のように、顔に石灰を塗って。
また別の夢がぬすびとのように折り重なってやってくる。

暗い舞台。

公演を待っている客席の人々。
次第に明るくなるかと思えば、さらに深まっていく濃い闇。
異様に長い静寂。
永遠に始まらない公演。

またも雨音。
昔の恋人の、浅黒い顔。
冷たい雨だれ。
傘に、
浅黒い額に、
びっしょりと濡れた手の甲に、そこに浮き上がる青黒い静脈に。
初めて聞く、明晰な、美しい声のドイツ語が耳に入り込んでくる。
言ったでしょう、いつかあなた自身が成立不能になってしまうって。

真っ青なかせ糸に包まれた見慣れた部屋。
これから読まなくてはならない、くっきりした穴で綴られた数十枚の手紙。
そのそばに冷え冷えと横たわっている
りんごの香りのする、ぼんやりとした人間のりんかく。
震えている。
手のひらに
書かれた
ピリオド。
あたたかい

黒い砂。
いや、熟れた果実。
凍りついた土の中に
埋もれて
いた
カンマと
しなやかな
まつ毛、

かぼそい
吐息
の中で、
真っ暗な
さやの
中で、
光っている
刃、

長いこと

息をひそめて

待っていた――

びっくりして彼は目を開ける。起き上がって座る。自分が目を覚ましたのは玄関の外の人の気配のためだと、ようやく気づく。

閉まっていなかった玄関のドアがゆっくりと開く。その方向が少し明るくなる。ドアが閉まる音とともにまた暗くなる。誰かがはきものを脱ぐ音が聞こえる。雨が激しく降っているが、さっきより窓が明るくなったので人の暗いりんかくを想像でなぞることができる。黒いものが近づいてくるのを見て、彼は目を上げる。包帯を巻いていない左手で顔をこする。近づいてくる髪からはっきりと香るせっけんの匂いをかぐ。急に寒くなったように、彼の体は震える。黒いものから白いものがこちらへ伸び、彼の左手をつかんで広げる。他の白いものがゆっくりと近づいてきて、彼の手のひらに書く。

めがねやが
あく
じかんです。

触感に従って、彼は文章を読む。

しょほうせんが
ありますか。

彼はうなずく。

あめだから
わたしが
いきます。

彼はさらに待つ。もっとたくさんの言葉を、待つ。彼女の顔から、体から漂ってくる冷たい湿り気を感じる。

しょほうせんは
どこですか。

左手を彼女の手から注意深くはずし、彼は体を起こす。机に近づこうとして突然、そうするよりほかにないというように、暗い空気の中に浮かび上がる彼女の白い顔に近寄っていく。こらえきれず、震える腕を上げ、初めて彼女の肩を抱く。

透明なテープで口をふさがれた人のように彼女の唇が固まっていることを彼は知らない。今朝、この部屋から始発バスに乗って家へ帰ったあと、彼女が眠れなかったことを知らない。あたたかいお湯と子ども用のバブルバスを使って長時間シャワーを浴びたあと、食卓の前に座り、ギリシャ語のノートを開いたことを知らない。氷の下で何重にも分かれた道をさまようように、死んだギリシャ語の文字を書き、がまんできずに生々しい母国語の文字を根気強く書きついでいたことを知らない。

暗闇に向かって両目を開けたまま、彼はまだ彼女の肩を抱いている。量り間違えてはならない重さを量っているようだと感じる。間違えてしまいそうだと感じる。それを心底恐ろしいと感じる。

彼女がここに来る直前どこにいたか、彼は知らない。終業式の日、色とりどりの雨傘で混み合う学校の前で待ち続け、ついにバズ・ライトイヤーのイラストがついた傘を、その下の子どもの半ズボンを、膝に残ったあずき粒ほどの茶色の点を見つけたことを知らない。なんで今日来たの、面会日は明日じゃないか、と怯えたように小声で言う子どもの顔をただじっと見おろしていたことを知らない。その顔に流れ落ちていた雨のしずくを手のひらで拭いてやったことも知らない。子どもの名前を呼ぶために、用意しておいた言葉を言うために必死で唇を開いたことも知らない。遠くに行かなくていい。ママのところにいればいい。一緒に、逃げてもいい。二人でちゃんと生きていけるわと言うために。

彼女のシャツは雨と汗で濡れている。包帯を巻いた右手を空中に止めたまま、彼は彼女の背中を抱き寄せた左手に少し力をこめる。下の階で誰かが強くドアを閉め、廊下に出てくる音がする。

沈黙する彼女の傘に、音を立てて雨が落ちていたのを彼は知らない。スニーカーの中の裸足がびしょ濡れだったことも知らない。急に来ないでって言っただろ、道でさよならすると、なおさら嫌な気持ちになるんだから。彼女が子どもを抱きしめようとし、腕をつかもうとし、手を握ろうとすると魚のようにサッとすり抜けていったあの、ひれのようにしなやかな肌を彼は知らない。雨水でできた黒い水たまりを、その上に太い針のように降り注いでいた鋭い雨足を、知らない。

閉じた窓枠の間から雨の音が入り込んでくる。街のあらゆる道路を、建物を、ごっそりえぐりとって亀裂を残そうとしているような、激しい音だ。誰かがはきものを引きずって階段を下りてくる。またどこかでドアが乱暴に閉まる。

心臓と心臓を触れ合わせたまま、しかし彼はまだ彼女を知らない。ずっと前に子どもだったとき、自分がこの世に存在していいのかどうかがわからず、夜明けどきに庭にたちこめる薄闇に目をこらしていたことを知らない。言葉たちが鎧をまとって、むきだしの体に針のように刺さっていたことを知らない。彼女の目に彼の目が映り、その映った目に彼女の目が、その目にまた彼の目が……そうやって際限なく映っていることを知らない。それが怖くて、すでに腫れ上がるほど強く嚙みしめていた唇をさらに固くつぐんでいることを知らない。

彼女の顔のいちばんやわらかいところを探すために彼は目を閉じて、頬を手探りする。冷え冷えとした唇に、彼の頬が触れる。ずっと前、ヨアヒムの部屋で見た太陽の写真が彼の閉じたまぶたの中で燃え上がる。燃えている巨大な火花の表面で黒点が動く。爆発しながら移動する摂氏数千度の黒い点々。それらを間近に見たら、どんなに厚いフィルムを目に当てても虹彩が焼けてしまうだろう。

目を閉じたまま、彼は唇をつける。しっとりした耳のきわの後れ毛に、まつ毛に、遠くから聞こえるかすかな答えのように、彼女の冷たい指先が彼の眉をかすめて消える。彼の冷えきった耳殻に、目元から口元にかけて残った傷跡に、触れたと思うと消える。音もなく、遠いところで、黒点が爆発する。触れ合う心臓、触れ合う唇は、永遠にすれ違う。

21 深海の森

そのとき私たちは海の底の森に並んで横たわっていました。
光も音も、そこにはなかった。
あなたが見えなかった。
私自身も見えなかった。

あなたは声を上げませんでした。
私も声を上げませんでした。
あなたがついに、とても小さな声を上げるまで
唇の間に
まどかな、かそかな泡が漏れ出てくるまで
私たちはそこに横たわっていました。
あなたは切実さそのものでした。

静けさそのものでした。

暗かった、

夜更けのあとにやってくる、さらに深い夜のように。

水圧のためにすべての生きものの体が平らにつぶれている、深海のように。

一瞬あなたの人差し指が私の肩の上を動いて、書きましたね。

숲《スプ》、숲と。

私は次の言葉を待ちました。

次の言葉はないということを知り、目を開けて闇をのぞき込みました。

暗闇の中に白々と浮かんだあなたの体を見ました。

そのとき私たちはとても近くにいましたね。

ぴったりと間近に横たわり、互いを抱きしめていましたね。

雨の音はやみませんでした。

何かが私たちの内部で割れました。

光も音もないそこで、

水圧に耐えられず粉々に砕けたさんごの間で

私たちの体は今しも、浮き上がろうとしていましたね。
そのまま浮上してしまうのが嫌で
私はあなたの首に腕を回しました。
あなたの肩を撫で、唇を当てましたね。
私がそれ以上口づけできないよう、
あなたは私の顔を抱きしめ、小さな声を上げましたね。
初めて、
泡のようにかそかな、まどかな、声を。

私は息をのみました。

あなたは息をし続けていました。

あなたの呼吸がずっと聞こえていました。

そうして私たちはだんだんと浮上していきました。

まず水面のぼんやりとした光に触れ

それから陸へと、荒々しく打ち上げられました。

怖かったし。
怖くなかった。

泣き出してしまいたかったし。
泣きたくなかった。

私の体から完全に離れていく前に
あなたは私にゆっくりと口づけしましたね。
額に。

肩に。

両のまぶたに。

まるで、時間が私に口づけしてくれたようでした。

唇と唇が出会うたび、果てしない闇がそこに溜まりました。

すべての痕跡を永遠にかき消してしまう雪のように、静けさが積もっていきました。

膝まで、腰まで、顔まで、黙々と満たしていきました。

0

私は両手を胸の前で合わせている。
舌先で下唇を濡らす。
胸の前で重ねた手が静かに、小刻みに震える。
両のまぶたが震える、昆虫が激しく羽根をこすり合わせるように。
すぐに乾いてしまう唇を、開く。
根気強く、さらに深く息を吸い込んでは吐き出す。
ついに最初の音節を発音する瞬間、力をこめて目を閉じ、また開ける。
目を開けたらすべてが消えていると覚悟したように。

訳者あとがき

本書は、二〇一一年に文学トンネ社から出版された『ギリシャ語の時間』の全訳である。二〇一六年に『菜食主義者』（二〇〇七年）がアジア人初のマン・ブッカー国際賞を受賞したことにより、ハン・ガンの名は日本の文学愛好者の間でも広く知られるところとなった。現在日本では、『菜食主義者』（きむ ふな訳、クオン）、『少年が来る』（井手俊作訳、クオン）の二冊が翻訳刊行されており、本書は三冊目の紹介にあたる。

二十代前半から作家活動を始めたハン・ガンの作品数はかなり多い。またその種類も、小説だけではなく詩や童話、エッセイなど多岐にわたっている。このほど新シリーズ「韓国文学のオクリモノ」がスタートするにあたり、『ギリシャ語の時間』を訳出することができ、訳者としてたいへん光栄なことと思っている。

ハン・ガンは初期のころから一貫して、傷ついた人々の姿を描き続けてきた。例えば初の短編集『麗水の愛』（一九九五年）に登場するのは、赤ん坊のときに汽車の中に捨てられていた女性や、弟を近所の少年たちに殴り殺された男性など、並大抵ではない痛みを抱えた人物たちだ。また、『菜食主義者』の女主人公は一切の肉類を食べることを拒み、やがて食べることそのものを拒否して衰えていく。彼らの人物像は苛烈であり、ときに極端な行為によって自らの傷をさらけだし、他者につきつけ、ときに自滅する。そしてハン・ガンは決して、それを個人のトラウマに帰結するものとして扱わない。個人の傷と社会の痛みを合わせ鏡のように描き出し、その中に投げ込まれた読者に自らの足元を顧みさせる。

そして『ギリシャ語の時間』を読むと、彼女のテーマが徐々に、恢復と再生の方向へ向かって変化してきたことがわかる。著者は、この作品を書く前の時期しばらくスランプに陥り、言葉を扱うことそのものについて悩む日が続いたという。本書はそのような時期を経て書きはじめられ、文学トンネ社のホームページに連載されたあと単行本にまとめられた。ハン・ガン自身が原著のあとがきで「この作品を書いている二年近い時間は自分にとって格別なときであった」と書いているとおり、作家自身にとって非常に重要な、節目の作品といえる。

『ギリシャ語の時間』の二人の主人公は、視力を失いつつある男性と、言葉を失っている女性だ。二人とも、すでに十代のときからそれらの〈異変〉を生きてきたという共通点を持つ。また二人とも、人とのかかわりにおいて大きな喪失体験を持っている。そんな二人がギリシャ語の講師と受講生という立場で出会うのだが、このギリシャ語とは現代ギリシャ語ではなく、今は使われることのない難解な古典ギリシャ語だ（本文中では繁雑さを避けるため、単に「ギリシャ語」と記した箇所も多いが、すべて古典ギリシャ語のことである）。だから韓国のある文芸評論家は二人の出会いを、「新たに生まれる言語と死滅した言語が出会い、体と体を触れ合わせる刹那」と表現している。

女主人公は、しゃべれないという大きな問題を抱えている。彼女はもちろん、自分の意志で言葉をなくしたのではない。しかし全く受け身に「言葉を奪われた」のかといえば、多分違う。彼女自身が「そんなに簡単なことではありません」とセラピストに言った通り、個々の悲しい事件によってしゃべれない状態に「された」わけではなく、もっと前から、言葉で表しうる限定的な世界に適応できず苦しむという経験を経てきたのである。

そんな彼女の心情をあらわす描写は次のようなものだ。

和解できないものたちがいたるところにあった。

明るい春の日、公園のベンチで、何重にも重ねた新聞紙の下で発見されたホームレスの死体の下に。深夜の地下鉄の中で、汗でじっとり濡れた肩を重ね合い、めいめい別のところを見ている人々の呆然とした視線の中に。豪雨に打たれる幹線道路に際限なく並んでいる、赤いテールランプを灯した車の行列の中に。何千個ものスケート靴の刃で引っかかれて傷ついた一日一日の中に。そんなにもたやすく壊れてしまう肉体の中に。それらのすべてを忘れるために交わされる、愚かしい切れ切れの冗談の中に。それらのどんなことも忘れぬようにと、ぐいぐいと力こめて書きつけられた言葉たち、その中でいつしかふくれ上がっていく泡の悪臭の中に。（198ページ）

これこそハン・ガン自身のスタンスでもあるのだろう。繁栄と孤独が背中合わせになった社会のゆがみから決して目をそらさず、「和解のできなさ」を忘れない。「和解のできなさ」と共存しながら生きていく。

訳者はこの小説を訳しながら、今年大きな話題になった本『中動態の世界――意志と責任の考古学』（國分功一郎、医学書院）のことを思い出した。私たちは英文法の時間に、「する（能動態）」と「される（受動態）」の二つの「態」を習う。しかし人間の行為は常に、そのどちらかに明確に分類しうるのだろうか？　むしろ、そのどちらでもない行為によって人生は流れていくのではないか。その、どちらでもない行為をあらわしていたのが、かつてのインド＝ヨーロッパ語に普遍的に存在した「中動態」であり、当然古典ギリシャ語にもそれはある。だが、その後の歴史の中で「中動態」はいつのまにか死滅してしまったという。『中動態の世界』はその顚末を、現代を生きる我々の生き方の次元に結びつけて解き明かしたスリリングな本である。今その内容をこれ以上紹介することはできないが、『ギリシャ語の時間』の二人はまさに、能動と受け身のどちらにも属さない出会いを経て蘇生したのではないかと感じた。

本書は、特異な重層構造を持っている。紙幣を傾けると見えてくる透かし模様のように、現代韓国の物語の上に、プラトンのギリシャ哲学の世界と、二十世紀最大の作家のひとりボルヘスの脳内世界とが重なって三重になっている。

ボルヘスについては、「男」の人物造形そのものとかなり重なる部分がある。父親の血筋を引いて視力が徐々に低下していくという設定はボルヘスと同じだし、また、彼が見る夢の描写もボルヘスのテキストとたびたび重なる。なお、「男」がドイツへ行くときに求めたボルヘスの仏教に関する講義は、『七つの夜』（野谷文昭訳・岩波文庫）に収められており、そこでは、自らの盲目に関するボルヘスの美しい言葉を読むこともできる。そんなギリシャ語講師がプラトンの『国家』や『パルメニデス』を講義しながら物語は進み、彼が過去を回想するときには華厳経の世界が下りてくるというしかけの本書には、文字を持って以来の人類の営みが手ぎわよくたたみこまれているともいえるだろう。

またこの物語は、終点から起点へ戻ってくる円環のような作りでもある。冒頭で示されるボルヘスの墓碑銘はそのまま二人の主人公の一夜の体験につながるし、最初の章と最終章では、女主人公の同じ動作が描写される。だがそこには差異があり、これが本書を読み解く一つのカギとなる。

ハン・ガンはこの作品について、「『ギリシャ語の時間』はまだ終わっていない。この本の結末は、開かれている」と語った。結末に至っても女が抱えた問題は解決されておらず、悲しみは悲しみのままで残り、望みはまだまだかなわないだろう。にもかかわらず閉じない円環の中に招き入れられて物語の結末を共有するとき、読者は見晴らしのよいところに立って静かに自分のなかの言葉に耳を傾ける気持ちになっているのではないだろうか。

ハン・ガンは、「この本は、生きていくということに対する、私の最も明るい答え。これからさらに明るい答えを書いていきたい」とも語った。それを裏づけるようにその後、魅力的な中・短編がたくさん書かれている。今後それらが日本でも紹介されていくことを期待したい。

最後に、編集にあたられた晶文社の齊藤典貴さんと松井智さん、古典ギリシャ語についての多々のご教示を下さった大久保友博先生、翻訳チェックをしてくださった伊東順子さん、岸川秀実さんに御礼申し上げる。

二〇一七年九月　斎藤真理子

著者について

ハン・ガン

韓江

1970年、韓国・光州生まれ。延世大学国文科卒業。
1994年、短編小説「赤い碇」でデビュー。
2007年に発表した『菜食主義者』で、韓国で最も権威のある
文学賞李箱文学賞を受賞。また同作で16年に
アジア人作家として初めて英国のブッカー国際賞を受賞。
17年に『少年が来る』でイタリアのマラパルテ賞を受賞した。
小説のほか、詩、絵本、童話など多岐にわたって創作活動を続けて、
受賞作が多数ある。現在、ソウル芸術大学の
文芸創作科教授を務めている。邦訳された作品に
『菜食主義者』『少年が来る』(ともにクオン)がある。

訳者について

斎藤真理子

さいとう・まりこ

翻訳家。訳書にハン・ガンの『すべての、白いものたちの』
(河出書房新社)、『回復する人間』(白水社)、
『引き出しに夕方をしまっておいた』(きむ ふなとの共訳、クオン)、
チョ・セヒの『こびとが打ち上げた小さなボール』(河出書房新社)など、
著書に『韓国文学の中心にあるもの』(イースト・プレス)がある。
パク・ミンギュの『カステラ』(ヒョン・ジェフンとの共訳、クレイン)で
第一回日本翻訳大賞を受賞した。

韓国文学のオクリモノ

ギリシャ語《ご》の時間《じかん》

2017年10月15日初版

2024年10月30日6刷

著者

ハン・ガン

訳者

斎藤真理子

発行者

株式会社晶文社

〒101-0051　東京都千代田区神田神保町1-11

電話(03)3518-4940(代表)・4942(編集)

URL http://www.shobunsha.co.jp

印刷・製本　中央精版印刷株式会社

ISBN 978-4-7949-6977-4　Printed in Japan

韓国文学のオクリモノ

＊ギリシャ語の時間　ハン・ガン　斎藤真理子訳

ある日突然言葉を話せなくなった女は、失われた言葉を取り戻すために古典ギリシャ語を習い始める。ギリシャ語講師の男は次第に視力を失っていく。ふたりの出会いと対話を通じて、人間が失った本質とは何かを問いかけていく。アジア人作家として初めて英国のブッカー国際賞を受賞したハン・ガンの長編小説。

＊三美スーパースターズ 最後のファンクラブ　パク・ミンギュ　斎藤真理子訳

韓国プロ野球の創成期、圧倒的な最下位チームとして人々の記憶に残った三美スーパースターズ。このダメチームのファンクラブ会員だった二人の少年は大人になり、様々な危機を乗り切って、生きていくうえで最も大切なものは何かを知る。韓国で20万部超のロングセラーとなっている〈韓国文学界の異端児〉パク・ミンギュのデビュー作。

＊走れ、オヤジ殿　キム・エラン　古川綾子訳

韓国を代表する若手女性作家キム・エランが2005年に発表した最初の短編集。家族の不在や貧困といった問題をかかえながら生きていく若者たちのリアルな日常をユーモラスに温かく描いている。第1回大山大学文学賞を受賞したデビュー作「ノックしない家」、韓国日報文学賞を歴代最年少で受賞した表題作など9つの作品を収録している。

＊誰でもない　ファン・ジョンウン　斎藤真理子訳

デビュー以来、作品を発表するごとに注目を集め、「現在、最も期待される作家」として挙げられることが多いファン・ジョンウンが、2016年末に発表した最新の短編集。恋人をなくした老婦人や非正規労働で未来に希望を見出せない若者など、今をかろうじて生きる人々の切なく、まがまがしいまでの日常を、圧倒的な筆致で描いた8つの物語。

＊あまりにも真昼の恋愛　キム・グミ　すんみ訳

2016年、韓国で発売と同時にベストセラーとなり、大きな話題をさらった若手女性作家キム・グミの最新作品集。自分の居場所が見つけられず、喪失感を抱えながらも懸命に生きる人たち。そんな現代社会からこぼれおちそうな人たちを温かく描き出す。第7回若い作家賞大賞を受賞した表題作をはじめ、9つの短編を収録。

＊鯨　チョン・ミョングァン　斎藤真理子訳

一代にして財を成し、あまたの男の運命をくるわせた母クムボク。並外れた怪力の持ち主にして、煉瓦づくりに命を賭した娘チュニ。巨大な鯨と煉瓦工場、華やかな劇場をめぐる壮絶な人生ドラマが幕を開ける——。ストーリーテラーとして名高い著者が、破壊的なまでに激しく生々しい人間の欲望を壮大なスケールで描き出した一大叙事詩。